KB052330

아픔
····

자오리훙(赵丽宏)지음 ǀ 김승일(金勝一)옮김

초판 1쇄 　인쇄 2019년 12월 27일
초판 1쇄 　발행 2019년 12월 30일
발 행 인 　김승일(金勝一)
출 판 사 　구포출판사
출판등록 　제2019-000090호

잘못된 책은 바꿔드립니다.
가격은 표지 뒷면에 있습니다.

ISBN 979-11-967586-6-0 (03800)

구포출판사 Tel : 02-2268-9410 **Fax** : 0502-989-9415 **blog** : https://blog.naver.com/jojojo4

※ 이 도서의 국립중앙도서관 출판시도서목록(CIP)은 서지정보유통지원시스템 홈페이지(http://seoji.nl.go.kr)
　와 국가자료공동목록시스템에서 이용하실 수 있습니다.

아픔

구포 출판사
九 팸 出版社

CONTENTS
目录

아픔

문

길에서
입을 꽉 다문 문들을 만난다
때로는 살짝 밀어도
문은 훌쩍 열려버리고
때로는 세차게 두드려도
가느다란 틈새만 보여 준다
어떤 문은 스스로도 열리는데
내 발걸음소리가 열쇠인 모양이다
어떤 문은 자물쇠에 자물쇠를 더해
그야말로 천년이나 된 오래된 담장처럼 닫혀있다

문턱은 언제나 볼 수가 없다
발아래 몰래 감춰진 걸림돌이다
때로는 함부로 넘나들지만
때로는 아프게 걸려 넘어 지기도 한다
문가에서 넘어지면
문은 소리 친다
들어오라고

만일 밖이 어두운 밤이라면
문 안에는 빛이 있고
만일 밖에서 비바람이 불어쳐도
문 안은 맑은 하늘일 것이다

또 한 번
내가 문어귀에 서 있으면
문이 물어 본다
감히 들어올 수 있느냐고
문 안의 세계는
아마도 천당일 수도 있고
지옥일 수도 있다

2015년 12월

门

在路上
遇到一扇又一扇紧闭的门
有时轻轻一推
门就豁然洞开
有时大声敲击
门才露出一丝缝隙
有的门不扣自开
我的足音就是钥匙
有的门锁上加锁
封闭如千年古墙

门槛总是看不见
是脚下暗藏的羁绊
有时能随意跨越
有时被重重绊倒
摔倒在门边时
门里会发出呼唤

走进来吧
如果外面是黑夜
门里可能有光亮
如果外面有风雨
门里可能是晴天

又一次
我站在门口
门在发问
你敢走进来吗
门里的世界
也许是天堂
也许是地狱

2015年12月

차가움

소리는 문을 나서자
눈꽃으로 변한다
분분히 흩날려 적막 위에 내리고
내뿜는 한숨은
얼어붙은 서리 안개가 되어
찬바람 속에서 부서져버린다
눈물도 순식간에 얼음이 되어
시야가 흐릿해지고
뼛골을 뚫어낼 투명한 수정처럼 보인다

한기는 칼인 듯 침인 듯
남루한 옷가지를 찢어버리고
떨리는 피부를 사정없이 찔러댄다
불을 지핀다 하더라도
불길마저 얼어붙어
빠알간 고드름으로 굳어진다

2016년 2월

冷

声音刚出口
就凝成雪片
纷纷扬扬飘散于沉寂
呼出气息
化成固体的霜雾
在寒风中碎裂
流泪瞬间成冰
视野模糊
满目彻骨的晶莹

寒气如刀如针
割破皮袄穿透衣衫
刺戳颤抖的肌肤
即便引火自燃
火舌也会封冻
定格成红色冰棱

2016年2月

13

응시

보이지 않는 빛이
서로 다른 눈동자에서 튕겨 나와
어느 한 곳에 집중 된다
밝기도 소리도 없이
신기한 에너지만 존재 한다

냉혹할 때는
살얼음 실은 바람이 되어
혈액마저 눈서리(霜雪)로 만들고
뜨거울 때는
차갑고 단단한 표정마저
마그마처럼 녹여
화염을 내뿜게 만들어댄다

사방팔방에서 모여든 초점은
철벽담장을 꿰뚫을 수 있어
바라보는 이들로 하여금
숨을 곳마저 찾지 못하게 한다

2016년 2월

凝视

无形的光
从不同的瞳仁里射出来
凝集在某一点
没有亮度和声息
却有神奇的能量

冷峻时
如同结冰的风
可以使血液凝成霜雪
灼热时
可以使寒酷的表情
熔化成岩浆
烧灼成火焰

四面八方的聚焦
能穿透铜墙铁壁
让被注视者
找不到藏身之地

2016年2月

엑스레이필름

빛다발은 형체가 없다
피부를 뚫고
뼈 속을 지나
혈관 하나하나를 헤집고 다니며
신경 하나하나를 검색 한다

나지막한 소리마저
신이 노크하는 듯하다
그것은 빛의 흔적이
빛의 촉감이
내 심신을 쓰다듬는 순간이다

투명한 필름이
불빛 아래 형체를 드러내면
영혼과 육체의 비밀이 밝혀진다
검고 하얀 하얗고 검은
그림자들이 굳어진다

눈을 크게 뜨고
동공을 필름에 녹아들게 한다
그러나 흑백세계는 알 수가 없다
꿈틀거리는 장기들은 이미 얼어붙었고
뜨거운 피마저 굳어버렸다

닥터가 말하길
이건 당신의 가장 진실한 사진이라고

2016년 2월 18일

17

X光片

光束无形
穿透肌肤
越过骨骼
攀援每一根血管
检索每一束神经

只听见轻微的声响
如神手叩门
是光的指痕
光的触摸
瞬间弥漫我的身心

一张透明的胶片
在灯下显形
灵肉的秘密
黑黑白白
定格于斑斓光影

睁大眼睛
让瞳孔融化于胶片
却看不透黑白世界
蠕动的腑臟已冰封
温热的鲜血已凝滞

医生说
这是你最真实的留影

2016年2月18日

어두운 물질

1.
작디작은 공간에서도
보이지 않는 생령(生靈)들이 춤추고 있다
나를 이끌기도 하고 가로막기도 하며
공격하기도 하고 휘감기도 하며
나를 찬송하는가 하면 조소하기도 한다
그러나 나는 아무런 감각도 없다

2.
빛을 거슬러 가노라면
빛은 무게를 가지고
등 뒤에서 나를 앞으로 밀기도 한다
빛의 속도를 영원히 따라갈 순 없지만
빛의 신기한 힘을
감지할 수는 있다

3.
허공에서 갑자기 날개를 거두면
무중력의 몸뚱이는 화살같이
아래로 추락한다
그러면 이는 단단한 바위에 꽂히거나
부드러운 호수 물에 안기기도 한다

4.
목표물이 시야에서 희미해져도
달리는 발걸음을
멈출 수가 없다
눈빛은 흐리멍덩해져서
귀의 도움을 받아야 한다
불어오는 바람에 귀 기울이면
바람이 말한다 : 길 조심하슈
땅 위에는 보이지 않는 틈바구니가 많다오

5.

그대들은 허무 속에 은닉한 채
그물을 짠다
영원히 실행 불가능한 거짓말의 그물을
그런 줄 알면서도 기회를 엿보아
또 다시 경천동지할 이야기를 꾸며내겠지만

6.

별똥이 밤하늘을 가르며
어둠속에서 연소하는 순간은
생령(生靈)이 블랙홀을 벗어나는 시간일까
아니면 블랙홀이 생령을 집어삼키는 순간일까

7.

어둠보다 더 짙은 빛은 없다
모든 색상과 빛들은
전부 그 깊이 속으로 빠져든다
아무리 기상천외한 생각을 한다 해도
그것을 해석할 길은 없다

8.
침묵 속에는
들리지 않는 함성이 있다
폭발음은 높은 담장을 넘지만
소리의 흔적은 찾을 길이 없다
침묵으로 감싸인
들끓는 심성은
누구도 들을 수가 없다

9.
나는 이 세상을 꿰뚫어보지 못한다
세계 역시 나를 꿰뚫어보지 못한다
엑스레이는 근육과 뼈를 꿰뚫고
레이저 메스는 장기를 절단한다
그러나
자유로운 사유가
천지간을 한가로이 산책하는 것은
막지를 못 한다

10.
절망할 때는 손을 흔들어라
손아귀에 쥐어진 것은 온통 허무뿐
허공에서는 지탱점을 찾지 못 한다
질풍은 칼날처럼
열손가락 사이를 빠져나간다

11.
세상은 눈을 감는다
어둠이 깃든다
깊이 잠든 건 피곤한 자일뿐
어떤 사람은 사색하고
어떤 새는 날아다닌다
무수한 눈동자들이 어둠속에서 확대되어
세상이 깨어나기를
인내심을 갖고 기다린다

2016년 초봄

暗物质

1.
每一寸空间
都飞舞着看不见的生灵
引导我，阻挡我
打击我，缠绕我
赞美我，嘲笑我
可是，我毫无感觉

2.
逆光行走时
光变得有了质量
从背后推我向前
永远追不上光的速度
却能感觉它
神奇的推力

3.
在高空突然收敛翅膀
失重的身体如箭矢
向下坠落
是撞向坚硬的岩石
还是投奔温柔的湖波

4.
目标在视野中模糊时
依然无法停止
奔跑的脚步
目光迷茫
求助于耳膜
仔细辨听迎面来风
风说：留心脚下吧
地上有看不见的裂缝

5.

你们隐匿在虚无中
是在编织
一个永不兑现的谎言
还是正伺机
造出惊天动地的奇景

6.

流星划过夜空
黑暗中灼烧的瞬间
是生灵划破了黑洞
还是黑洞吞噬了生灵

7.

没有比黑暗更深的光色
所有的色彩和光影
都在它的深沉中隐没
即便是异想天开
也无法将它稀释

8.
静默中
有听不见的嘶喊
炸裂声穿越高墙
却音迹杳然
外套沉寂
包裹沸腾的心
不让任何人谛听

9.
我看不透这世界
世界也无法看透我
X光可以射穿肌骨
伽马刀可以切割脏腑
却难以捕获
自由自在的游思
在天地见闲逛

10.
绝望时挥手
掌握的却是虚无
空中找不到着力之点
疾风如刀
从十指间划过

11.
世界闭上了眼睛
黑夜降临
沉睡的只是疲倦者
有人在思想
有鸟在飞
无数瞳孔在黑暗中放大
耐心等待
世界甦醒

2016年初春

상처자국

알몸뚱이가 되었을 때
나는 상처투성이인 자신을 발견했다
크고 작은 상처자국들은
몸통 전체를 뒤덮고 있다

얼마나 많이 넘어졌던가
밀쳐지고 찢기면서
예리한 칼 따위와
묵직한 돌멩이 따위들이
무방비상태의 피부를 찢어발렸다
선혈은 몸통 위에서 꽃처럼 피어나
망막을 자극하는 붉은색
고통으로 일그러진 붉은색
붉은빛 속에서 천지는 혼란스럽고
시야는 온통 검은 빛 뿐이다

꽃들은, 순간순간 떨어지고
상처는 꽃이 떨어진 뒤의 열매 같다
몸통 가득한 열매들은
얼마나 많은 비밀들을 감추고 있는 걸까

걱정 가득한 눈망울이여
주도면밀한 고통이여
상처마다에서
파닥거리는 날개들은
나를 가벼운 새로 만들어
멀리 흘러간 세월의 흔적을 찾게 해 준다
젊은 생명이 흘러온 그 흔적들을

2015년 1월 4일

疤痕

赤身裸体时
我发现自己伤痕累累
大大小小的疤痕
遍布肉身每一个部位

曾经摔跌过多少次
被撞击，被撕扯
尖锐的利器
粗钝的砖石
划过不加设防的肌肤
鲜血如花在我身上绽放
炫目的红
苦痛的红
红光中天地混沌
视野里一片昏黑

花，凋零于瞬间
疤痕是落花后的果实
遍体鳞伤的果实
孕藏着多少秘密

是忧心忡忡的眼睛
是无微不至的隐痛
每一处疤痕中
都会生出扑动的羽翼
把我托举成轻盈的鸟
去追寻流失的时光
重访曾经年轻的生命

2015年1月4日

영혼의 가출

영혼과 육신은 때로 분리 된다
그러면 영혼은 가출을 감행하고
육신을 벗어나 허공에서 떠돈다
그러나 자유를 얻지 못한
떠도는 영혼은
같이 지내던 육신을 그리워하지만
다시 되돌아갈 수가 없다

그럼 그냥 한 마리 새가 되고 말자
그리고는 나뭇가지 끝에 앉아
거리를 흐느적거리며 걸어가는 육신을 바라보자

나는 나무 위에 걸터앉은
나의 영혼이다
그리고는 아주 이상하다는 듯이
거리에서 걸어가고 있는
또 다른 나의 육신을 바라본다
달리기도 하고 춤을 추기도 하며
사람들 속에서 기웃거리기도 하고
집안에서 고개를 숙인 채 멍하니 있기도한다

......
나무 위의 나와 땅 위의 나는
그토록 가까이 있지만
그것은 아득히 멀리 떨어져 있다는 것을
나의 영혼은 알지를 못한다
나의 육신이 무슨 생각을 하고 있는지를
어디로 가려는 지를
육신은 고개 들어 바라보지만
영혼을 볼 수가 없다
다만 몇 개의 낙엽들만이 바람 속에서 날리고 있을 뿐
과연 나는 어디에 있는 거지?
도대체 나는 어디에 있는 거야?

가출한 영혼은
거울이 되기도 하여
육신을 비춰 보기도 한다

나는 바로 반딧불처럼 반짝이는
나의 영혼이다
침대머리에서 다소곳이 기다리고 있는
나의 육신은

거울 속에 모습을 드러낸다
그러면 깜빡이는 반딧불 빛 속에서
곤혹스런 얼굴이 나타난다
그러나 그건 내가 모르는 사람이다
퇴색한 바람막이 코트와
발가락을 삐죽 내민 가죽구두 한 쌍이
열리지 않는 가방을 지키고 있을 뿐이다
……
혹은 아무 것도 보이지 않는다
텅 빈 거울
낯선 얼굴을 마주하고
망연자실한 채
서로는 아무런 말도 않고 있다
난 어디에 있는 거지?
도대체 난 어디에 있는 건가?

2015년 1월 9일

灵魂出窍

灵魂和肉身有时会分离
那便是灵魂出窍
灵魂飞出肉身在空中游荡
却依然未获自由
游荡中的灵魂
想念着曾经寄附的肉身
但是已经无法回去

那就变成一只鸟吧
停在枝头
看肉身在路上匆匆行走

我就是那只停在树上的
我的灵魂
好奇地看着另一个
正在地上行走的
我的肉身
在奔跑，在舞蹈
在人群中东张西望

在屋子里低头发呆

……

树上的我和地上的我

近在咫尺

却天涯两隔

我的灵魂不知道

我的肉身在想什么

不知道去向何方

肉身抬头仰望

却看不见灵魂

只有几片枯叶在风中颤抖

我在哪里呢

我在哪里

出窍的灵魂

也可以变成一面镜子

让肉身在镜子里显形

我就是那面荧光闪烁的

我的灵魂

伫立在床前等候
我的肉身
在镜子里显形
忽闪的荧光中
出现一张惶惑的面孔
却是我不认识的人
一件褪色的风衣
一双露出脚趾的皮鞋
守着一堆打不开的行李
……
或者什么也看不见
空空荡荡的镜子
面对一个陌生的照镜者
茫然失措
相对无语
我在哪里呢
我在哪里

2015年1月9日

중첩

세상은 늘 중첩되어 있다
겹겹으로
겹겹으로 말이다

밖을 향해 보면
창 밖에는 창이 있고
문 밖에는 문이 있으며
산 밖에는 산이 있고
하늘 밖에는 하늘이 있다

안을 향해 바라보면
눈망울 속에는 눈망울이 있고
주둥이 속에는 주둥이가 있으며
가슴 속에는 가슴이 있고
영혼 속에는 영혼이 있다

어찌해야 이 중첩된 상황에서 빠져나갈 수가 있을까?
어찌해야 이 중첩으로 잠겨진 자물쇠를 열 수가 있을까?
먼저 안으로 걷다가

다시 밖으로 걸어 가보자
눈 속의 눈망울을 번쩍 뜨게 하고
가슴 속의 가슴에다가는 시동을 걸고
영혼 속의 영혼에다가는 날개를 달아주고
창밖의 창을 열어젖히고
문밖의 문도 열어젖혀서
산 밖의 산기슭에 서서
하늘 밖의 하늘을 조망해보자

중첩되지 않은 세상은
사통팔달로 통할 수가 있다
아마도 그것은 자유의 세계일 것이다

2014년 1월 13일
새벽 꿈 속에서 시를 짓고, 깨어나서 기록하다

重叠

世界总是重叠
重重叠叠
重重叠叠

往外看
窗外有窗
门外有门
山外有山
天外有天

往里看
瞳仁里还有瞳仁
嘴里还有嘴
心里还有心
灵魂里还有灵魂

如何走出重叠
破解重叠之锁
先外里走
再往外走

睁开瞳仁里的瞳仁
启动心里的心
放飞灵魂里的灵魂
推开窗外的窗
打开门外的门
登临山外的山
眺望天外的天

不重叠的世界
四通八达
也许是自由的世界

2014年1月13日凌晨梦中所得，晨起记之。

휴대폰과 인터넷

큰길에서 총총히 오가는 사람들은
저마다 휴대폰 하나씩을 들고 있다
소녀이든 노부인이든 상관없이
폰에다 대고 중얼거린다
아이들마저 이 수다스런 무리에 끼어든다
어떤 사람은 희색이 만면한 채 큰소리로 떠들고
어떤 사람은 신비스레 낮은 소리로 수군거린다
모두들 자기 이야기에만 빠져있는데
폰의 저쪽에도
필경 똑같이 열정적으로 대화하는 자가 있으리라

나는 길거리에서 갑자기 기발한 생각이 떠올랐다
만일 통화하는 폰 사이에
한 가닥의 줄이 이어져 있다면
세상은 과연 어떤 모습일까
억만 갈래의 줄들이 공중에서 실북처럼 되어 넘실거리겠지
짧으면 백여 미터
길면 수천만 리
줄들은 공중에서 서로 교차되고 엇갈리면서
거대한 그물을 만들게 되겠지

그 그물은 도시와 농촌을 뒤덮고
온 지구를 뒤덮을 거야

그 거대한 그물은 총천연색일 것이다
줄마다 모두 자기의 색상을 가지고 있고
서로 다른 통화는 서로 다른 색상으로 표현되고 있을 테지
핑크빛 그것은 사랑으로 뒤엉킨 호소
남빛 그것은 청춘의 열정으로 내뱉어진 선언
노랑 그것은 무료한 일상의 문안
갈색 그것은 노인들의 처량하기 그지없는 하소연
회색 그것은 장사꾼들의 흥정하는 소리
검은색 그것은 정객들의 속임수
나의 앞에 펼쳐진 세상은
바로 이처럼 총천연색으로 뒤엉킨 거대한 그물이다

이러한 환상 속의 거대한 그물 앞에서
나는 계속해서 기상천외한 생각을 펼쳐본다
만일 어느 한 순간
전 세계의 휴대폰들이 갑자기 작동을 멈춘다면
아니 모든 신호가 동시에 끊어진다면

휴대폰을 들고 있던 그 무수한 사람들은
얼마나 황당해 할까
그 망연자실한 모습 그 초조 불안한 표정들은
들꽃처럼 온 들판에 피어나겠지
그 순간 천지를 뒤덮고 있던 거대한 그물은
온데 간데 흔적조차 찾을 길이 없어질 거야

나는 바로 그
혼란 뒤의 고요함을 기대해 본다
세상은 본래의 모습으로 돌아가고
하늘천정에서 떨어진 거대 그물은
온건하게 대지 위에 떨어져
사색에 잠긴 사람들 속에서 융해되리라
끊기지 않는 인연은 설령 만 리를 떨어져 있더라도
의연히 마음으로 통하고
끊어져야 할 것들은 지척에 있더라도
천애의 깊은 심연으로 멀어질 거야

2015년 1월

手机和网

大街上匆匆行走的人群
人人掌中都握着一部手机
不管是少女还是老妇
都在对手机说话
连孩子也加入这喋喋不休的大军
有人眉飞色舞大声喧哗
有人面带神秘悄悄低声
看样子都在自说自话
手机的另一端
必然有一个同样热情的对话者

我站在路口忽发奇想
假如通话的手机之间
出现一根有形的线
世界将会显示何种景象
亿万条热线在空中穿梭
短的也许百十米
长的也许千万里
它们在天空交叉纠缠

编织成一张巨大的网
覆盖了城市和乡村
笼罩了整个地球

这张大网是彩色的
因为每条线都有自己的色调
不同的通话呈现不同的颜色
粉红，是那些爱情缠绵的倾吐
淡蓝，是那些青春热情的宣泄
黄色，是那些无聊的家长里短
褐色，是老人凄凉无奈的泣诉
灰色，是生意人的讨价还价
黑色，是政客们的尔虞我诈
我面前的世界
就是一张色彩混杂的恢恢大网

面对这张幻想中的大网
我继续着荒诞奇想
假如在某一个瞬间
全世界的手机突然断电
所有的信号都同时消失

握着手机的芸芸众生
该如何惊叫着抓狂
错愕失望惘然焦灼的表情
如斑斓野花遍地开放
而此时，那张笼罩天地的大网
消失得无踪无影

我期待
喧啸慌乱后的沉寂
世界也许就回到原来的样子
天花乱坠的大网
落在安静的大地上
融化在沉思的人群中
不该中断的，即便相距万里
仍然心有灵犀
本该断绝的，哪怕近在咫尺
也远隔天涯深渊

2015年1月

49

길에서 만난 애벌레

두 마리 작은 검은색 곤충들이
풀숲과 관목 속에서 날아 나와
손을 잡고 드넓은 아스팔트 위를 날아간다
비상하는 날개는 잠시 거두고
사랑의 춤을 추기 시작한다

이곳엔 개미와 지렁이가 성가시게 하지 않고
낙엽과 풀줄기의 방해도 없다
그들은 그토록 편안하게 사랑의 침대인
풀숲에서 누르고 누르던 격정을 단번에 뿜어낸다
마치 이 세상의 욕망을 모두 뿜어내기라도 하듯이

날개는 날개를 부딪치고
촉수는 촉수끼리 꼬이며
떨리고, 전율하고, 뒤채이면서
이제 뒤엉킨 둘이는 너와 나가 없다
바람 속에는 그들의 환호성이 섞여 있고
그들의 취한 듯한 신음소리로 범벅이 된다

그때 커다란 트럭 하나가
전방에서 우릉우릉 소리치며 달려와
그 넙적하고 두툼한 바퀴로
두 마리 애벌레를 깔아뭉갠다
여전히 격정 속에서 신음하고 있는 그 둘은
혼연 중에 재난이 닥쳐올 줄을 몰랐던 것 같았다
......

路上的爱虫

两只小小的黑色昆虫
从草丛和灌木中飞出来
邂逅在空旷的水泥路面
收敛了飞翔的翅膀
却跳起爱的舞蹈

这里没有蚂蚁和蚯蚓的烦扰
没有落叶和草茎的羁绊
多么平坦的爱床
在草丛中压抑的激情突然释放
彷佛释放隐藏了一世的欲望

翅膀拍击着翅膀
须眉纠缠着须眉
颤抖着，战栗桌，翻滚着
肢体在缠绕中分不清你我

风中似乎飞扬着它们的欢叫
回旋着它们忘情的呻吟

此时，一辆巨大的卡车
从前方轰隆隆驶来
宽厚的轮胎碾着路面
而两只小爱虫
依然沉浸在它们的激情中
浑然不觉这即将来临的灾难
……

53

머리카락

나의 머리카락은
이미 부드러운 청실(靑絲)이 되어
햇빛아래 하늘거리는 폭포수 같지
하늘가의 무지개가 비끼어 있는 가운데
바람 속에 흔들리는 파란 풀들처럼
대지를 향해 손짓하곤 했다

검다는 것은,
생명의 모든 색상을 내포하고 있다
검다는 것은, 대낮과 작별하고
새벽을 향해 달리는 밤을 의미한다
검은 머리카락이 자라는 과정은
모든 기나긴 과정을 짧게
변화시킨다

언제부터
검은색이 하얗게 변했던가
담뱃재처럼 하얗게 잔설처럼 하얗게
거친 동굴마냥 하얗게
빙산을 지나온 탄식소리처럼 하얗게

아직 내 정수리에 남아있는
한 올 한 올의 머리카락들은
세월 따라 점점 적어지지만
바람이 불면 여전히 흩날리곤 한다
바람이 소곤댄다 : 너의 대지가 남아있는 한
난 아무래도 너의 머리카락을 이길 수가 없을 거야

2015년 1월 9일

发丝

我的头发
曾是柔软的青丝
是阳光下飘动的瀑布
折射天边的彩虹
是风中蓬勃的青草
飘舞着向大地招手

黑，融蓄着
生命中所有的颜色
黑，是告别了白天
却又顽强追赶早晨的夜
黑发成长的过程
使所有的漫长都变成
短促

什么时候
黑变成了白
白如烟灰，白如残雪
白得如此粗糙空洞
像穿过冰山的一声叹息

那丝丝缕缕
依稀还在我的头顶
尽管日渐稀疏
风吹来，依然会飘拂
风说：你的土地还在
我吹不断你

2015年1月9日

지문

내가 세상에 남아 있는 까닭은
사방에 내 발자국 도장을 남기는 일 외에
보이지 않는 지문을 찍기 위해서이다
내가 만져버린 모든 곳들에는
은밀한 흔적이 남겨진다

어머니의 젖가슴과
아버지의 어깨와
연인의 얼굴과
아들의 작은 손까지
솜옷·아마천·비단
찬바람에 휘청대던 옷자락과
찬비에 젖어버린 모자채양까지

그릇과 젓가락 잔과 찻주전자
붓·먹·책장·주산
피리구멍·깃대·건반
버려진 우산자루와 막대기
형형색색의 열쇠들과
헤아릴 수 없이 많은 손잡이들

......

백설기·잼·오이채
내가 녀석들을 질겅거리며 씹을 때
나의 지문도 같이 질겅질겅 씹혀버린다
나는 지문을 남겼지만
또한 없어지기도 한다
지문은 헤아릴 수도 없이 식도를 통해
나의 굶주린 창자 속으로 흘러들어
나의 몸과 혼연일체를 이루었다

나의 지문은
이슬 영롱한 곳에 머물기도 했고
갓 돋아난 꽃봉오리에도 머물렀고
수줍은 꽃잎과 풀잎에 어리기도 했다
나비를 잡았다가 풀어주었지만
나의 지문이 묻어 있는 그 아롱진 날개로
나비는 지금 하늘을 날아다니고 있다

2015년 1월

指纹

我留在世界上的
除了四处行走的脚印
还有那些看不见的指纹
所有我触摸过的地方
都留下它们隐秘的痕迹

母亲的乳房
父亲的肩膀
恋人的面颊
儿子的小手
棉衣，麻布，丝绸
被寒风撩动的衣襟
被冷雨淋湿的帽沿

碗筷，杯盏，茶壶
笔墨，书页，算珠
笛孔，旗杆，琴键
曲折楼梯的扶手
被遗弃的伞柄和拐棍

形形色色的钥匙
数不清的门把手
……

米糕，浆果，瓜菜
我咀嚼它们
也嚼碎了我的指纹
我留下它们
又消灭它们
指纹无数次经过食道
进入我辘辘饥肠
和我的身体融为一体

我的指纹
也曾留在露水晶莹的地方
那些初绽的蓓蕾
那些羞涩的花瓣和草丝
捕获又放生的蝴蝶
用斑斓的翅膀印着我的指纹
满天飞翔

2015年1月

손톱

난 따지고 싶지 않다
녀석들이 얼마나 많은 곳을 할퀴고 다녔는지를
알아보고 싶지도 않다
녀석들이 할퀸 자리에 어떤 변화가 일어났는지
그저 답답하기만 할뿐이다
그토록 많이 깎아주었건만
왜 녀석들의 성장을 막을 수 없는 걸까
언덕 위의 풀처럼, 가지 끝의 잎처럼
또 왕성하게 자라나는 내 검은 머리카락처럼
녀석들은 연약한 듯 강하고
거친 가운데서도 유연함을 간직하고 있다

만일 이 생애 동안 녀석들을 한 번도 깎아주지 않는다면
그러면 녀석들은 어떤 모습을 할까
내가 만약 정좌하고 있는 은둔자라면
녀석들은 기다란 등나무 덩굴처럼 자라나
나의 수족을 칭칭 감고
나의 몸뚱이도 휘감겠지
그렇게 나를 아무도 모르는 구석에 묶어두게 되면
세상은 나의 손톱자국으로 뒤덮일 것이고

그러면 밝은 태양도 볼 수가 없겠지
……

내가 만약 세상을 떠돌아다니는 행자라면
녀석들은 족쇄가 되어
내 길을 막지는 않을 거야
길가에 널려 있는 등나무 덩굴과 가시들
등반길에 만나는 암석과 암벽들이
녀석들을 모두 마모시켜 버릴 거야
할퀸 자리는 손톱과 더불어
내가 머물렀던 모든 곳에 남아 있겠지
……

그러나 나는 그래도
손톱깎이로 녀석들과 입맞춤할 거야
때때로 녀석들이 깎인 다음의 모습을
감상하기도 할 거야
녀석들을 깎아주는 것은
문명의 대가가 하는 일이지
아마도 선조들이 삼림 속에서 걸어 나온 결과물이겠지

2015년 1월

指甲

我不想追究
它们在多少地方留下抓痕
也不想探寻
它们划过的地方有什么变故
只是纳闷
为什么无数次剪伐
无法阻止它们的生长
如原上草，枝头叶
也如我生生不息的黑发
它们是柔软中的坚硬
是粗厉中的柔韧

假如此生从未对它们剪伐
它们会是何种模样
我若是静坐的隐者
它们变成长长的藤蔓
束缚我的手脚
缠绕我的身体
把我捆在无人知晓的角落
世界被我的指甲笼罩

暗无天日

⋯⋯

我若是跋山涉水的行者
它们却不会变成镣铐
成为我前行的障碍
路上的藤蔓和荆棘
攀登的岩石和崖壁
会磨削它们
抓痕和指甲一起
留在了所有我走过的地方

⋯⋯

可我还是要
用剪刀和它们接吻
还不时欣赏
它们被剪伐后的模样
剪伐它们
竟然是文明的代价
是祖先走出丛林的结果

2015年1月

꿈의 색깔

꿈은 순간에 사라지고
기억 속에 남는 건
꿈 조각들 뿐

나의 꿈은 오색찬란해서
현실세계보다
더욱 화려하게 빛난다
어떤 꿈은 흑백 두 가지 색뿐이어서
백 년 전의
낡아빠진 영화 같기도 하다

여러 색깔의 꿈에서 나는
날아다니고 춤을 추기도 한다
내게 달린 날개
그것은 구름이기도 하고 꽃이기도 하다
오색바람은 사방팔방에서 불어오고
노랫소리와 향기를 가득 실어와
나를 취하게 만든다
마치 술 마신 뒤의 황홀한 느낌이라고나 할까
그 때의 흐릿한 시야가 좋다

세상은 수많은 구멍이 뚫려 있어
매 구멍마다
눈부신 빛줄기가 쏟아져 나온다
......
흑백의 꿈속에서
나는 몸부림치며 걸어다닌다
주변에는 온통
벼랑과 심연 그리고
흉험한 급류와 소용돌이들 뿐이다
또 죽은 자가 찾아와
아무 말 없이 바라보곤 한다
그때면 흑백의 정적이 흐른다
꿈에서 깨면 피곤하기 그지없고
거슴츠레한 눈가에는 눈물이 그렁그렁하다
주변 세계는 그대로
모든 색상을 잃어버린다

......
그러나 나는 알 수가 없다
꿈속의 희열과 우울함이
어디서 생겨나는 것인지를
여러 색깔의 꿈과 흑백의 꿈은
때로는 서로 대항하면서
나를 샌드위치로 만들곤 한다
그럴 경우 꿈속은
온통 회색빛의 혼돈으로 꽉 차게 된다

2015년 2월 1일

梦的颜色

梦境转瞬即逝
留在记忆中
只是斑斓残片

我的梦境有时五光十色
比现实世界
更加鲜艳夺目
有的梦只有黑白二色
犹如一百年前
陈旧的老电影

在彩色的梦里
我漂游，我飞舞
伴随我的是翅膀
是云霞，是繁花
色彩的旋风八面扑来

带着音乐和芳香
把我裹挟
犹如酒后微醺的感觉
迷蒙的视野中
世界千孔百疮
每一个孔穴
都流溢出耀眼的彩色
……
在黑白的梦里
我奔走，我挣扎
出现在周围的
是危岩，是深壑
是凶险的急流漩涡
还有死者来访
相对无言

只有黑白的静默
醒来常常精疲力竭
惺忪的眼角画着泪痕
身边可触摸的世界
一时也失去了颜色
......
可我却无法知道
梦中的喜悦和忧伤
从什么地方涌出
彩色梦和黑白梦
有时会互相对抗
把我夹在中间
此时梦境
便成为一片混沌的灰色

2015年2月1日

71

예감

번갯불은 암울한 꿈을 찢어버린다
눈을 뜨자
빛은 이미 창가에서 번쩍이고 있다

꿈의 부스러기들은
꽃잎처럼 흩날리고
나비처럼 찬란하며
바람처럼 가볍다

눈망울의 즐거움은
순식간이다
망막에는 갑자기
고양이의 눈빛이 강하게 부딪쳐온다

고양이가 지붕 위에서 나를 내려다보고 있다
에메랄드빛 눈에서는 불꽃이 튕겨나온다

비상하던 몸이 갑자기 중심을 잃자
번개는 적막 속에서 그만
정지하고 만다

2015년 2월 9일

预感

闪电划破幽暗的梦
睁开眼
天光已在窗口闪动

梦的残片
花瓣般飘散
斑斓如蝶
轻盈如风

瞳仁的愉悦
只是瞬间
目光突然被碰撞
撞见一只猫的凝视

猫在屋顶上俯瞰我
绿眼灼灼如火星

飞翔的身体突然失重
闪电在沉寂中
定格

2015年2月9日

성대

나의 성대는
거문고의 현처럼 순수하고 맑았다
이슬 한 방울에도
더없이 맑은 소리를 냈었다

전에는 성대란 노래하는 데만 필요한 줄 알았는데
세상의 모든 호흡하는 기운들은
모두 성대를 떨리게 한다니
사람들은 저마다 작곡가라 생각했을 것이다
성대는 타고난 것이라
변화무쌍한 화음도 가능하다고 생각했기 때문이다

그러나 침묵에 잠길 때도 있다
천지간을 떠들썩하게 하는 소란 속에서
나의 성대는 갈라 터져
자기의 소리는
보이지 않는 곳에 감금되어
지척에 있는 것 같으면서도
아주 먼 곳에 있는 것처럼 되었다

죽은듯한 정적에 휩싸일 때
나의 성대는 왜 사정없이 떨리는 걸까
떨리면서 찢어지는 듯한 호소를 하게 되는 걸까
성대가 떨리다 못해 찢어져 버리니
침묵의 세계에서는
메아리조차 한 뼘 남기지를 않는다네

2015년 2월 13일

声带

我的声带
曾经纯亮如琴弦
一滴露水的触动
也能拨出曼妙清音

曾以为声带就是用来唱歌
世间的任何气息
都会使声带颤动
人人都可能是作曲家
声带追随着天籁
被拨出变幻无穷的和弦

却也有沉寂的时刻
在弥漫天地的喧嚣中
我的声带一度涩哑
自己的声音

被囚禁在无法看见的地方
近在咫尺，却远隔天涯
当周围被死亡的静穆笼罩
我的声带为何忍不住颤动
痛彻心肺的呼喊
让声带颤抖到撕裂
沉默的世界
却留不下一丝回声

2015年2月13日

눈물샘

신비한 분비물은
감정을 액체로 만든다
한 번 또 한 번
나의 눈을 적신다

슬픔과 즐거움이
단색의 수정으로 빛나더니
나의 눈동자를 침몰시키고
시야를 흐릿하게 해준다

나의 눈물샘은 너무 발달했다
맞받아 불어오는 모래바람 때문에
폐부를 뚫고 지나가는 유탄(流彈) 때문에
그리고 갑자기 닥친 놀라운 기쁨 때문에
불가항력적인 생사이별 때문이다

눈물은 진작 말라서 기체로 되었지만
눈물샘은 위축되지 않았다
눈물이 흐른 흔적은
방사(放射)하는 입맥(葉脈)처럼
기억의 파편들을 퍼즐로 모아
마르지 않는 해당(海棠)나무 잎
한 장으로 복원한다

2015년 2월 17일

泪腺

神秘的分泌
把感情转化成液体
一次又一次
湿润了我的眼睛

悲伤和欢悦
汇集成一色的晶莹
淹没我的瞳仁
让视野一片模糊

我的泪腺曾经发达
因为迎面而来的风沙
因为洞穿肺腑的流弹
还有那些突降的惊喜
那些无法抗拒的生离死别

泪水早已挥发成空气
泪腺却并没有因此萎缩
泪珠流过的痕迹
如辐射的叶脉
集合起记忆的碎片
复原成一张
不枯的海棠叶

2015年2月17日

유물

하나 또 하나의 사랑스런 생명이
나와 영원히 이별을 고한다
따스한 몸은 식어서 얼음장처럼 되고
나중엔 뜨겁게 타올라 가벼운 연기가 되어
허공 속으로 흩어지리라

그들은 내게
몇 장의 종이를 남겨주거나
모직물 하나
또는 빈 그릇만 남겨준다
말할 줄 모르는 유물들은
진작 주인의 체온을 잃어버렸고
냉정하고 숙연하게
나의 기억을 검색하곤 한다

종잇장에는 죽은 자의 글자가 적혀 있어
눈물어린 응시를 받고 있다
글자마다 흔들리 듯 희미해져
마치 가느다란 여린 소리를 내고 있는 듯하다

그러면 나는 다시 과거의 기억을 끄집어낸다
달빛 아래 앉기도 했고
전야를 거닐기도 했으며
바다 위를 항행했거나
이국타향에서 주름잡기도 했다
……
이때 차가운 유물은
온기가 돌고
모직물은 날아다니는 카펫이 되어
나를 세월의 강기슭에 부려놓는다
거슬러 올라가니
텅 빈 그릇에는
갑자기 보석들로 가득 차 있어
나의 축축한 눈빛을 현란케 한다

2015년 2월

遗物

一个又一个亲爱的生命
和我永别
温暖的身体发凉成冰
最后化成炽热的轻烟
在天空消散

他们留给我的
只是几张纸片
或者是一块织物
一个空的盒子
这些不会说话的遗物
早已失去主人的体温
冷静而肃穆
检索着我的记忆

纸片上有死者的字迹
在泪眼的凝视下
每一个字都在活动
发出细微亲切的声音

把我拽回到过去的时光
坐在月下
走在田野
航行在海上
跋涉在异国他乡
……
这时，冰冷的遗物
便有了温度
织物会变成飞毯
载我在岁月的河面
逆流而上
空空的盒子里
顿时珠宝丰盈
迷眩了我湿润的目光

2015年2月

85

기대

나는 조용히 앉아서 기다린다
꺼졌던 등불이 갑자기 밝아지고
정적 속 열쇠구멍에서는
열쇠 돌아가는 소리가 들린다
무겁게 드리웠던 커튼은 바람에 흐느적거리고
낯선 계단에서는
익숙한 사람의 그림자가 어른거린다
……
나는 기다린다
암울함을 몰아내는 것은
자동차의 경적소리가 아니고
목이 잠긴 숨소리가 아니며
알람의 소스라치는 소리도 아니다
닭의 홰치는 소리마냥
단순하고 맑으며
아가의 울음소리 같기도 하고
새빨간 노을을 물어 올리기도 하며
꽃잎처럼 하늘거리기도 한다

......
난 나의 기다림을
기다릴 수가 없다
정적 속에서 문득
새들의 처량한 울음소리를 듣고
고개 들어 바라보니
공중에는 이미 날개 짓하던
흔적조차 보이지 않는다

2015년 2월 22일

期待

我静静地期待
熄灭的灯突然发亮
沉寂的锁孔里
响起钥匙转动的声响
低垂的窗帘被风吹动
陌生的楼梯上
闪过熟悉的人影
······
我期待
驱散幽暗的
不是汽笛喧嚣
不是嘶哑疲惫的喘息
也不是闹钟惊叫
而是一声鸡鸣
单纯，清澈
如婴儿的啼哭
牵出血红的霞
花瓣一样漫天飞扬

......
我无法
期待我的期待
静寂中，听到
飞鸟凄厉的歌唱
抬头寻觅
空中已经没有
翅膀的踪迹

2015年2月22日

꿈속에 찾아온 고인

1
세상을 뜨신지 20년도 넘는 아버지께서
갑자기 꿈에 나타나셨다
약속도 없이 노크도 없이
내 앞에 조용히 서 계셨다
얼굴에는 여전히 예전의 그 미소를 지으신 채
눈빛만 약간 우울한 빛을 띠고 있었다
나는 놀라서 큰소리를 질렀지만
입에서는 아무 소리도 내질 못했다
얼른 아버지를 향해 두 팔을 내밀었지만
아버지는 웃으시며 뒤로 물러서셨다

내 기억 속에서
아버지는 노기를 띤 적이 없으셨다
우수와 비통에 잠기시더라도
따스해서 마치 가벼운 구름 같으셨다
누가 꿈과 현실은 반대라고 했던가
꿈속에 찾아오신 아버지는
생전 모습 그대로 웃으시며 나를 바라보셨다

나는 그 꿈이 그대로 박제되었으면 싶었다
순간 창밖에서의 경적소리가
무정하게도 나를 깨워버렸다

2
나는 예전부터 두려워한 적이 없었다
죽은 자가 내 꿈속을 방문하곤 했는데
그들은 청하지 않아도 찾아오곤 했다
그래서 나는
생과 사의 경계를 잘 몰랐다
그저 그들과의 대화가 어려웠고
그들과 교제할 수가 없었을 뿐이다
마치 무성의 흑백영화를
어둠속에서 본 듯했다

낮에 절절히 그리워하던 사람은
꿈에서는 도무지 만날 길이 없었다
그래서 잠들기 전에 기도를 한다
얼른 오세요 저의 꿈속으로

전 당신들이 보고 싶어요
꿈의 문이 삐걱 하고 열리면
내가 전혀 모르는 사람들만 들어온다
심지어 한 번도 만나보지도 못했던 사람들이다
그중에는 책속의 인물들도 있고
이름만 들어본 낯선 사람도 있었다
그런가 하면 도포자락을 휘날리던 옛사람도 있고
양복차림의 외국인들도 있었다

3
어느 날 밤 꿈나라를 헤매는데
앞부분은 몽롱하여 오리무중의 혼돈 투성이였고
뒷부분은 환한 달빛 아래에 있는 것처럼 모든 게 분명했다
팬티 바람의 한 사내애가
그 검고 큰 눈을 크게 뜬 채
나를 향해 걸어왔다
앙상한 체구는 반딧불처럼 반짝거렸고
머리 위에서는 한 무리의 날벌레들이 윙윙거렸다
마치 잉잉 울부짖는 연처럼
그는 나한테 와서 곁눈질을 했는데
검은 눈에서는

수정 같은 눈물이 두 방울 흘러나왔다
그의 떨리는 입술은 분명히 묻고 있었다
당신은 저를 모르시나요?

아냐 난 널 알지 난 널 알고말고
기억은 꿈속에서도 소스라치는 모양이다
그건 꿈속의 꿈이었지만
시공을 날아 넘는 진실이었다
나는 다시 그 어린 시절의 여름날로 돌아가고 있었다
너는 강가의 물웅덩이에 고요히 누워있었고
강물은 너의 어린 생명을 자꾸 덮어주고 있었지
오후의 해는 너의 알몸뚱이를 비스듬히 비추어주었다
너는 내 또래였고
난 처음 죽음을 보게 되었다
죽음의 신은 물속에서 손을 내밀어 너를 데려갔고
너는 아무도 몰라보는 시체가 되고 말았다
햇빛 아래서 사람들한테 둘러싸였고
파리 한 마리가 너의 눈썹에 매달려 있었지만
너는 눈 한번 깜빡이지 않았다

4

꿈은 과연 무엇일까
인생의 또 다른 궤적일까
생명의 또 다른 무대일까
현실이 변한 환상일까
묘연한 영혼의 빛깔일까
신비의 암시일까
운명의 예언일까
선인(先人)의 저주일까
아니면 생과 사가 어둠의 장막에서
서로 부딪쳐 내는 섬광일까

나는 일찍 꿈속에서 죽음의 신을 보았었다
그것은 윤곽이 분명치 않은 어두운 그림자였고
어둠속에서 커다란 검은 그물을 던지고 있었다
하지만 그것은 혼돈세계에서 유일하게 밝은 점이었고
먼 곳에서 반짝거리고 있었다
그것은 양귀비꽃이 가득 핀 화원이었고
사치스러울 정도로 요염한 향기를 풍기고 있었다
그것은 길게 자란 손톱을 가진 손이었고
갑자기 당신 앞에서 흐느적거리고 있었다
그것은 쏜살같이 달리는 마차였고
당신을 싣고 끝이 보이지 않는 깊은 연못 속으로
끝없이 추락하고 있었다

2015년 2월 25일

访问梦境的故人

一
离开人世二十多年的父亲
突然出现在我的梦中
没有预约，没有敲门
安静地站在我的面前
脸上还是含着当年的微笑
只是目光有一点凝重
我惊奇得大声呼叫
嘴里却发不出任何声音
我向父亲伸出双臂
他却微笑着退后

在我的记忆里
没有父亲的怒容
即便是哀愁和忧伤
也温和得像一抹轻云
谁说梦境和现实相悖
访问梦境的父亲
和生前一样笑着看我

我希望这梦境定格
窗外一声车笛长鸣
无情地把我惊醒

二
我从不害怕
死者成为我梦境的访客
他们常常不请自来
让我一时分不清
生和死的界限
只是很难和他们说话
也无法和他们交往
就像无声的黑白电影
在冥冥之中播放

白天苦苦思念的故人
梦中却难得看见他们
晚上入睡前默祷
来吧，来访问我的梦境
我想见见你们

梦中的门吱呀一声打开
进来的却是我不认识的人
有的甚至从未谋面
其中有书中遇到的人物
也有只听说名字的陌生人
也有长衫飘拂的古人
也有西装革履的外国人

三
一天晚上，长梦不醒
前半程朦胧混沌如在雾里
后半段清晰明白如在月光下
一个只穿着裤衩的男孩
大睁着黑亮的眼睛
迎面向我走过来
瘦骨嶙嶙的身体荧光闪烁
头顶上盘旋着一群飞虫
像牵着一只嗡嗡叫的风筝
他走过我身边侧目而望
黑眼睛里

滚出两滴晶亮的泪珠
他颤动的嘴唇分明在问
你，是不是还认识我

我认识你，我认识你
记忆在梦中也会被唤醒
那是梦中的梦
是飞越时空的真实
又回到那个童年的夏日
你静静地躺在河岸的水洼中
河水刚刚吞噬你年幼的生命

午后斜阳照着你赤裸的身体
你的年龄和我相仿
却让我第一次见识了死亡
死神在水中随手把你带走
把你变成一具无人认领的尸体
在阳光下，被人围观
一只苍蝇停在你的睫毛上
你却不眨一眨眼睛

四

梦究竟是什么
是人生的另一条轨道
是生命的另一个舞台
是现实变形的幻觉
是缥缈的灵光一现
是神秘的暗示
是命运的预演
是先人的咒语
是未来的试探
还是生和死在夜幕中
撞击出稍纵即逝的闪电

我也曾经梦见过死神
那是一个面目不清的阴影
在幽暗中抛撒着一张黑色大网
那是混混沌沌中一个亮点
在遥远的地方闪闪烁烁
那是一片开满罂粟的花园
奢侈地飘荡着艳丽的异香
那是一只长着长长指甲的手
突然在你的面前招摇
那是一辆飞驰的马车
载着你冲下无底深渊

2015年2月25日

연상

손에 연필을 잡은 채
연필이 되어버린 그 나무를 생각해 본다
채벌된 그 큰 나무는
아직 삼림을 기억하고 있을 테지
시끌벅적하던 삼림 속의 오만가지 생령들을

약간 짭짜름한 국을 마시며
그 국에 용해된 소금을 생각해 본다
모래알 같은 그 소금덩이는
아직도 푸른 바다를 기억하고 있을 테지
바다에서 넘실거리던 그 파도와 자유로운 물고기 떼들을

유리창에 얼어붙은 천태만상의 얼음 꽃을 보며
밤새껏 울부짖던 북풍을 떠올려 본다
어둠속에서 사방팔방으로 내달리던 그 찬바람을
찬바람의 거친 방문으로 여기 이렇게
정교한 발자국이 남겨질 줄을 누가 생각이나 했겠나

하늘 중천에서 너풀거리는 연을 바라보며
땅위에서 달리는 아이들을 생각해 본다
환호하며 연을 날리는 그 아이들을
손에 잡고 있는 그 가느다란 줄이
늙은이의 어린 시절의 추억을 당겨올 줄을 누가 알았겠나

가슴에서 휘적거리는 수건을 매만지며
뽕나무에서 누에고치를 짓던 누에를 떠올려 본다
스스로를 꽁꽁 얽어맨 채 누웠던 누에
비상하는 꿈을 간직하고 있던 번데기였건만
무정한 끓는 물에 삶겨질 줄이야 누가 알았겠나

처량한 노래를 들으며
스스로 연주하며 노래하는 가수를 떠올려 본다
우울하고 고독한 그 가수를
인간세상의 온갖 세상일을 겪어 노련하고 침착한 그가
비로소 한 올 따스한 정으로 화해버린 그 가수를

2015년 2월 27일

103

联想

握着手中的铅笔
想起了变成铅笔的那棵树
那棵被砍伐的大树
一定还记得森林吧
记得森林里万类生灵的喧哗

喝着碗里微咸的汤
想起了被汤融化的盐
那些砂石一般的盐粒
大概还记得蓝色的大海吧
记得海里汹涌的浪涛和自由的鱼群

看着窗玻璃上千姿万态的冰花
想起了一夜呼啸的北风
在黑暗中四处奔走的寒风
想不到它粗狂的拜访
竟会在这里留下如此精致的脚印

望着远处天空飘舞的风筝
想起了大地上奔跑的孩子
那个欢呼着放飞风筝的孩子
想不到他手中那根细细的长线
正把一个白头人拽回到童年

摸着胸前的丝巾
想起了在桑树上吐丝的蚕
那些作茧自缚的蚕
曾经有过破茧飞翔的梦想
却不料被无情的沸水煎煮

听着一首凄婉的歌
想起了自弹自唱的歌者
那个忧伤孤单的歌者
曾经历尽人间的苦难和沧桑
却把辛酸化成了一缕温情

2015年2月27日

퉁소

나는 퉁소이다
몸에는 여덟 구멍이 있는
나의 몸통 속에는 무수히 많은 음부(音符)들이 숨어있다
나의 전신(前身)은
심산유곡에서
티 없이 맑게 흘러가는 계곡물에
흔들리는 푸른 그림자를 비춰보곤 했다

당신의 입술을 기다렸고
당신의 부드럽고도 격정적인 숨소리가
나의 몸을 꿰뚫기를 기다렸다
자, 이제 당신의 따스한 손으로
나의 구멍들을 애무해주오
꿀벌이 꽃술을 짓이기듯이

당신의 숨결은
나의 몸통 속에서 감돌며
나의 구멍 하나하나에 충격을 줄 때마다
하나의 새로운 잎이 돋아나고

하나의 막 피어나는 꽃봉오리
한 올의 꽃향기
한 방울의 눈물이 된다

그때 나는 마치 다시
그 수줍은 대가 되어
팔방에서 불어오는 바람 속에
순정을 담아
흔들리고, 춤추고, 신음하리라

2015년 3월 20일

箫

我是一管洞箫
身上有八个孔
我的体内孕藏无数音符
我的前身
在幽谷山野
让澄澈的流水
倒映我迎风摇曳的绿影

等待你的嘴唇
等待你温柔而激越的气息
穿越我的身体
来吧，你的温暖的指肚
逐一抚摸我的洞孔
犹如蜜蜂寻觅花蕊

你的气息
在我的体内迂回
在每一个洞口徘徊撞击
变成一瓣新叶
一朵蓓蕾
一缕花气
一滴眼泪

此时，我仿佛复原成
那枝羞涩的幽竹
在八面来风中
柔情万般地
摇曳，舞蹈，呻吟

2015年3月20日

허파

나의 허파는 열렸다 닫쳤다 하면서
매순간 천지간에 흐르는
공기를 호흡하고 있다
공기는 무형이기도 유형이기도 하고
아양을 떨기도 침묵하기도 하며
때론 포효하고 날뛰며
영혼의 메아리를 뿜어내기도 한다

젊은 시절의 나의 폐는
녹색의 묘목 같았다
어려움 속에서 성장하면서도
배고픔과 고독 속에서도
폐는 씩씩하게 숨 쉬며
깨끗하고 신선한 공기를 호흡해 주었다

나는 담배를 배우지 못했다
그리하여 폐는 니코틴의
위협에서 자유로웠다

이제 귀밑머리가 희끗희끗해지면서
더는 살아가는 걱정을 하지 않게 되자
폐는 오히려 스모그로 생고생이다
엷은 마스크가 어찌
틈바구니를 찾아 헤매는 미세먼지를
막을 수 있으랴

2015년 3월 21일

肺叶

我的肺叶一张一翕
每分每秒都在呼吸
天地间流动的空气
空气无形却也有形
它妩媚过沉静过
也曾经喧啸狂奔
发出撼动灵魂的回声

年轻时我的肺叶
像一棵绿色的树苗
尽管生长在艰困之中
饥馑和孤独形影不离
肺叶却总是呼吸
清洁新鲜的空气

허파
肺叶

我没有学会抽烟
肺叶也因此免遭
尼古丁的威胁

如今鬓发染霜
再不为柴米忧心
肺叶却因为雾霾发愁
一只薄薄的口罩
怎能过滤无孔不入的
微尘

2015年3月21日

고막

귀는 얼굴의 장신구
작은 부채처럼 바람을 불러오고
혹은 동전처럼 정교하며
독특한 두 귓바퀴는
얼굴이 남다름을 알려준다

더욱 신기한 것은 고막이다
그놈은 귓구멍 안에 숨어서
마치 귀 감옥에 있는 죄수처럼
종일 해를 보지는 못하지만
천지간의 모든 소리를
감지한다

고막이 진동하는 것은
주변의 소리 때문일 터
번개치고 폭풍이 포효하거나
모기나 파리의 왱왱거림이나
밤 꾀꼬리의 노랫소리거나
개구리들의 합창소리거나
또 인간세상의 그 모든 소리들
먼 곳이든
가까운 곳이든
다 고막에 전달되어
강하거나 약한 공진(共振)을 일으킨다

고막의 이웃인 대뇌는
고막의 진동에 의해 진동한다
고막과 연결된
저 멀리 있는 심장도
고막이 진동하면
펑펑 뜀박질을 멈추지 않는다
왜냐하면 세상의 모든 소리들이
미래를 예고하기 때문이고
감정세계를 표출하기 때문이다

같은 소리들도
서로 다른 고막에서는
서로 다른 메아리가 되어 오고
어떤 사람에게는 미소가 되며
어떤 사람에게는 흐느낌이 되는데
그 오묘함을
그 누가 분명하게 말할 수 있겠는가

2015년 3월 21일

耳膜

耳朵是脸面的装饰
不管招风如蒲扇
还是小巧如铜钱
两圈独特的耳轮
把脸面衬托得有别于他人

更神奇的是耳膜
它躲在耳朵里面
犹如耳廓的囚犯
永不见天日
却感知着来自天地间
所有的声息

耳膜振动
源于周围的声音
雷鸣风暴的咆哮
蚊子苍蝇的嗡嗡
夜莺的歌唱
蛤蟆的鼓噪
还有人间的所有响动

不管来自远方
还是近在咫尺
都会在我的耳膜
引起或强或弱的共振

耳膜毗邻大脑
大脑因耳膜的颤动而颤动
耳膜也连着
遥远的心脏
耳膜被振动时
心脏也常常怦怦怦跳个不停
因为，世上的声音
都预兆着未来
都蕴涵着感情

相同的声音
在不同的耳膜上
回荡出不同的回声
有人闻之微笑
有人却涕泪交加
其中奥秘
谁能够说清

2015年3月21日

눈꺼풀

세월의 흔적은
나의 속눈썹에 떨어져
나의 눈꺼풀은 이미 보호를 받지 못하고 있다

세월이라는 그 거대한 몸통을 마주하고
나는 속눈썹 없는 눈꺼풀을 떠 본다
세월은 나의 눈빛에
옷을 벗어 보인다
나는 세월의 몸통에 이리저리 난 상처들을 바라본다
그 깊이를 헤아릴 수 없는 상처들을

어둠속에서
반짝이는 백골의 암울한 빛
아연실색한 불나방이 그 상처 속에서 날아나와
날개를 파닥이며
나의 눈꺼풀로 뛰어든다

2015년 3월 25일

眼睑

岁月的风尘
吹落了我每一根睫毛
我的眼睑已不受保护

对着岁月那庞大的身躯
我睁开没有睫毛的眼睑
岁月在我的凝视下
宽衣解带
我看见它身上那道裂痕
那道深不可测的鸿沟

幽暗中
闪烁着白骨的幽光
惊慌的飞蛾从沟痕里飞出
羽翼扇起微风
直入我的眼睑

2015年3月25日

121

영원

순간순간은 모두
되돌아갈 수 없는 영원이다
매 한 번의 눈빛교환
매 한 번의 어깨스침
매 한 번의 무의식적인 멈춤
매 한 번의 망연한 스퍼트(SPURT)
매 한 방울의 소리 없는 눈물
매 한 점 입술에 걸린 미소
그 모든 것은 영원한 것이다
그 모든 것이 영원한 것이고 말고

잡으려 하지 마라
신변 가까이에 있는 빛과 소리를
갑자기 느껴진 인상(印象) 따위를
그것들은 벌써 멀리 사라진 다음일 것이다
매 한 줄기의 섬광
매 하나의 올 같은 미풍(微風)
매 한 마디의 탄식
매 하나의 종소리

매 하나의 하늘을 비상하는 새 울음소리
매 하나의 창밖으로 널리 퍼져가는 메아리
그 모든 것은 영원한 것이다
그 모든 것은 영원한 것이고 말고

2015년 3월 29일

永恒

每一个瞬间
都是不会复返的永恒
每一次目光相遇
每一次擦肩而过
每一次无意的停留
每一次茫然的冲刺
每一滴无声流淌的眼泪
每一丝掠过唇角的微笑
都是永恒
都是永恒

你想捕捉
身边的光和声音
那突如其来的印象
已经飘然飞逝
每一道闪电
每一缕微风
每一声叹息
每一记钟声
每一阵飞过天空的鸟鸣
每一阵门窗开阖的回响
都是永恒
都是永恒

2015年3月29日

나의 그림자

당신이 만약 나에게
누가 가장 진실한 친구냐고 묻는다면
나는 나의 그림자라고
대답할 것이다

그림자는 영원히 나를 따른다
내가 가난하든 부자이든
기쁘거나 슬프거나 상관없이
그리고 내가 번화가에 있거나
황량한 사막에 있거나
어디 어떤 곳에 있어도
그림자는 늘 내 발치를
떠나지 않는다

사람과 귀신의 구별은
그림자가 있는지 없는 지로 가린다고 한다
그렇기 때문에 사람은 그림자와 어울려야 하고
귀신은 홀로여야 하는 것이다
그림자가 어떤 모습이냐고 물으면
나는 분명하게 말할 수는 없다

녀석은 때론 거인이 되어
나의 초라함을 감싸주기도 하고
때론 아주 작게 변해
나의 신바닥에 붙어 다니기도 하기 때문이다

내가 빛을 등지고 걸으면
그림자는 내 앞에서 우쭐거리고
내가 빛을 맞받아 달리면
녀석의 종적을 볼 수가 없다
내가 어둠속에서 찾아볼라치면
그림자는 어디론가 도망쳐
가느다란 실오리 같은 빛이라도 있어야
비로소 자기의 모습을 드러내 보인다

아무럼 내가 가장 익숙지 못한 것도
사실 나의 그림자일 것이다
나의 그림자여
너는 슬픔을 느낄 줄 아느냐
너는 사색할 줄을 아느냐
너는 나를 향해 미소를 지어보이거나

나와 같이 울어줄 수가 있느냐
그러나 그림자는 영원히 침묵한다
침묵은 나에게 입을 다물게 한다

만일 이 세상이 사람과 귀신의 구별이 없다면
다행히 그림자가 있어
나는 그림자 없는 귀신들을 멀리하고
그림자 있는 사람들하고만 교제하리니
그림자는 자신의 침묵으로
갈팡질팡하는 삶의 갈림길에서 나를 일깨워줄 것이다
넌 사람이야
그러니 사람답게 놀아야 한다

2015년 4월 5일

我的影子

如果你问
最忠实的朋友是谁
我的回答
是自己的影子

影子永远跟着我
不管是贫是富
不管是悲是喜
不管是在繁华之地
还是在荒凉的沙漠
无论走到什么地方
影子总是黏在我脚下
不离不弃

据说人鬼之间的区分
就看身下是否有影
人有影子相随
鬼总是孑然一身
影子长得什么样
我却说不清楚
有时他会变成巨人
映衬着我的渺小
有时他也会变得很小
小得就像是我的鞋底

我背着亮光行走时
影子在我面前晃动
我迎着光明奔跑时
就看不见他的踪迹
我在黑暗中寻觅时
影子便悄悄逃遁
只要找到一线微光
也就找回了自己的影子

是的，我最不熟悉的
其实也是自己的影子
我的影子
你会悲伤吗
你会思想吗
你会不会对我微笑
会不会和我一起流泪
影子永远沉默着
沉默得让我哑口无言

如果这个世界人鬼不分
还好有影子
我会避开那些无影之鬼
只和有影子的人交往
影子也会以他的沉默
在浮光掠影中提醒我
你是人
就要像人的样子

2015年4月5日

세월의 강을 거슬러

흘러간 시간이 역습해오고 있다
와서는 내 하얀 귀밑머리를 흔들면서
되돌아가자 되돌아가자 하며
그 기이한 소용돌이 속에서 허우적거리게 한다

하늘을 비-잉 돌며 날아가는 새는
나무 끝에 지은 집으로 분분히 내려 들어간다
그러면 풍만한 날개는 순식간에 사라지고
노란 부리의 아기새로 변하고 만다
그는 털 없는 날개를 파닥이며
짹짹 먹이를 달라고
보채다가
다시 알록달록한 새알이 되어
풀줄기로 된 새둥지에 다소곳이 눕는다

새둥지는 큰 나무에서 떨어져 사방으로 흩어져 날아가고
마른 가지와 잎들은 나비처럼
나무를 에워싸고 이리저리 춤을 춘다
푸른 잎은 나뭇가지로 돌아가 매달리고
팔뚝만한 나뭇가지는 줄기에 매달린다

나무줄기는 다시 대지 속으로 스며들고
나무 꼭대기에서는 안개가 피어오르고
큰 나무는 다시 흙속으로 들어가 새싹이 되어 다시 고개를 내민다
그러더니 새싹은 다시 한 톨의 씨앗이 되어
바람 속으로 날려간다

땅위에 떨어진 종자는
어느 길 가던 행인이 집어든다
갈 길이 급한 행인들은
모두가 마술사가 된 듯하다
노인의 머리카락은 하얗다가 검게 되고
얼굴의 주름도 번개같이 사라지는가 하면
휘청거리던 걸음걸이도 가벼워지고
혼탁한 눈빛은 맑게 빛난다
할아버지는 소년으로 변하고
할머니는 소녀로 변하고
소년소녀들은 아기로 변하면서
아이들 울음소리가 하늘땅을 진동한다
천지간은 삽시에 아기들 울음소리로 충만된다

꿈같이 현란한 판타지처럼
만년 빙하가 녹아 봄물처럼 흐르기도 하고
상전벽해가 일망무제한 바다로 펼쳐져
파도들은 넘실넘실 하늘가로 파도쳐간다
딱딱한 해저는 융기하여 산봉우리가 되고
높은 산들은 서서히 붕괴되어 평야로 변하고
평야는 다시 가라앉아 파도치는 바다가 된다
썰물은 끝없이 펼쳐진 삼림을 서서히 침식시키고
삼림은 호흡을 고르더니 초지로 변하며
푸른 풀잎 사이에서 맑은 내가 졸졸거리며 흐르더니
맑은 내에서는 작은 물고기 한 마리가 헤엄을 친다
작은 물고기가 말했다 : 난 너의 조상이야

2015년 1월 초고, 4월 5일 수정

逆旅在岁月之河

昔日时光逆向而来
拂动我鬓边白发
往回走，往回走
看身畔景色奇异盘旋

盘旋在天的飞鸟
纷纷落进林梢
丰满的羽翼瞬间脱落
脱落成黄嘴幼雏
拍动无毛的肉翅
嗷嗷待哺
鸣声未散
又隐身于几枚彩蛋
静卧在草编的巢穴

巢穴四散飘离大树
枯枝败叶如蝴蝶
绕树飞舞翩跹
绿叶舌头般缩回树枝

树枝手臂般缩进树干
树干被大地回收
树冠上浓荫飞散
大树缩成刚出土的幼苗

幼苗又缩成一粒种子
在风中悠悠飘落

飘落在地上的种子
被过路的行人捡起
形色匆匆的路人
一个个变成魔术师
老人的头发由白而黑
脸上的皱纹闪电般消失
蹒跚的脚步走向轻盈
昏浊的目光回归清澈
老汉走着变成了少男

老妇走着变成了少女
少男少女跑着变成了婴儿
婴儿的哭声惊天动地
天地在婴啼中一场惊梦
惊梦如瑰丽的科幻巨片
化万年冰川为脉脉春水
推碧翠桑田为浩瀚沧海
洪波翻卷退却向天的尽头
枯涸的海底隆起绵延峰峦
高山缓缓开裂崩塌成旷野
旷野又沉没在汹涌的潮汐
潮汐漫漫席卷无边的森林
森林叹息着变幻成草地起伏
绿草中只见一道清溪蜿蜒
清溪中游来一尾小鱼
小鱼说：我是你的祖先

2015年1月初稿，4月5日改定

137

한 줄기 빛

창 하나 없는 집안에
빛 한 줄기가 비껴들면
어둠을 쪼개고
검은 색 허무 속에서 빛이 난다

안녕하신가 빛이여
그대의 영롱함으로
무형의 공기로 하여금 무게를 가지게 되었다네
그대가 어둠속에서 수직으로 선다면
눈부신 기둥이 되리니
활활 타오르는 수정 같을 것이고
또한 차가운 얼음처럼 보일 거네
그대는 자유를 향해 통할 수 있겠는가
날개를 펼칠 수 있는 하늘로 통할 수 있겠나 말일세

그대는 눈부시게 빛나면서도 침묵하고 있는가
마치 그대의 빛을 유혹하여 이용하듯 묻겠네
왜 와서 시도해보지 않느냐고
나를 잡고 나를 올라 타세나

나와 함께 어둠에서 탈출합세나
자유와 감금
그 차이는 아주 엷은 철판 같은 차이라오

나는 손을 내밀어
허무의 빛기둥에서
자신의 핏기 잃은 손이
붉게 상기되는 것을 본다
남은 혈액들이
빠알간 투명함 속에서 흘러
빛기둥과 혼연일체가 된다

그 잡을 수 없는 한 줄기 차가운 빛은
삽시간에 따스하게 되어
전류마냥 내 몸속을 누빈다
안녕하신가 빛이여
어서 나를 이끌고 이 봉폐된 지붕을 벗어나
바깥세상을 포옹하도록 도와주게 나

나는 눈을 감고
그 한 줄기 허무의 빛을 추켜든다
어둠은 와르르 붕괴되고

그 무너지는 소리는
만 갈래의 밝은 빛으로 된다
마치 온 우주의 번갯불을 모아놓은 듯
사방팔방에서 비쳐오고
어둠을 뚫고 넘어가는 시끄러움도
침묵이 되지만, 오히려 찬란하고 눈부시다

침묵 속에서
나 역시 한 줄기의 빛이 되었다

2015년 4월

一道光

在一间没有门窗的屋子里
漏进来一道光
劈开黑暗
亮在墨色的虚无中

你好啊，光
你的晶莹
使无形的空气有了质量
你垂直在黑暗中
成了一根耀眼剔透的柱子
像是燃烧的水晶
又像是寒冷的冰
你通向自由吗
通向可以展开翅膀的天空吗

你晶莹地沉默着
仿佛在用你的光诱问
为什么不来试试
抓住我，攀登我

沿着我逃离黑暗
自由和囚禁
只隔着一层薄薄的铁皮

我伸出手去
在虚无的光柱中
发现自己失血的手掌
竟然被照得通红
残存的血液
流在红色的透明中
和光柱融为一体

那一道无法抓住的冷光
顿时变得温暖
如电流传遍我的身心
你好啊，光
请引领我穿越封闭的屋顶

去拥抱外面的世界
我闭上眼睛
托举着那一道虚无的光
黑暗竟哗啦啦溃散
那溃散的声音
化成万道亮光
仿佛汇合了全宇宙的闪电
从四面八方射过来
穿越黑暗的喧哗
静默，却辉煌而耀眼

静默中
我也变成了一道光

2015年4月

변신

나는 한번 또 한번
모살(謀殺) 당했다
나의 시구(詩句)에서
내가 버린 문자 가운데서
내가 오던 길에서
나의 문자들을 주어든다
그 먼지 묻은 조각들에서는
애초의 느낌을 찾을 수가 없다
자신 있게 한 서언(誓言)
불안한 의문
이 모든 것이 나의 소리 같지가 않다
웃음소리·눈물·탄식
그것은 그저 희미한 흔적일 뿐이다
……
나는 물에 빠져 죽은 자처럼
농축된 어둠의 흐름 속에서
몸부림치고, 수축하고, 질식한다
수면 위로 내민 손은

역류에 떠도는 부러진 가지처럼
소용돌이 속에서 떨며
나는 나의 고함소리를 듣는다
마음이 찢어지고 가슴이 무너지지만
전혀 소리가 나질 않는다
……
나무토막이 얕은 물에 걸렸을 때
소용돌이들이 치며 하나하나 멀어져가는 것을 본다
주름살투성이인 얼굴에서
청춘의 생기가 넘친다
머리를 돌려 기대하면
마주 오는 급류에서는
오히려 푸른색을 발현하는 화염이
빙산을 끌어안고 있다
어둠이 여명을 동반하는 것을 보라
봄바람이 겨울을 동반하며 따라오는 것을 듣는다
정적·정적·정적

......
세상이 갑자기 그 모습을 드러낼 때
나는 다시 삼척동자가 되어
흉흉한 파도를 마주한다
주머니는 텅 비었고
모든 침묵과 비전은
버린 지 오래다
몽매한 시대로 돌아가자
그러면 난 다시 이 세상을 가늠할 터
세상에게 천천히 나를 알아가라고 할테니까

2015년 5월

变身

我一次又一次
被谋杀
在我的诗行中
在我遗散的文字里
我从来路上
捡拾起自己的文字
那些蒙尘的残片中
找不到当初的气息
自信的誓言
忐忑的疑问
都不像我的声音
笑靥，泪光，叹息
只是模糊的瘢痕
……
我像一个溺水者
在浓稠的暗流里
挣扎，抽搐，窒息
伸出水面的手掌

如逆流而下的断枝
在漩涡中颤抖
我听见自己的呼喊
撕心裂肺
却静默无声
……

树干搁浅时
看漩涡一个个远去
满脸皱纹中
爆出青青嫩枝
回头期待
扑面而来的急流
却发现蓝色的火焰
簇拥着冰山
看黑夜伴随黎明
听春风跟随寒冬
静默，静默，静默

......
当世界轰然显身时
我又变成一个稚童
面对着汹涌的清流
囊中空空如洗
所有的沉积和蓄藏
都已倾弃
回到蒙昧的时光吧
我可以重新打量世界
也让世界慢慢认识我

2015年5月

화살 같은 시간

허무한 암흑 속에서
아무 저항 없이 날아온다
'획' 하는 소리가 침묵과
동반한다
날아감과 굳어짐이
단단히 엉켜있다

하늘과 땅 사이의 모든 것을
뚫을 수 있다
빙하는 봄물이 되고
삼림은 묘목 밭이 되고
인간들의 희로애락마저
산산조각을 내
펄럭이게 만든다
마치 추풍낙엽처럼

귓가에서는 '휙휙' 소리가 나고
불똥들이 흩날리는데
멀리로부터 가까이로
눈앞을 스쳐갈 때면
잡을 것만 같은데
순식간에 스쳐지나가니
겨울 먼 하늘가의 별과 같구나

2015년 5월

时间之箭

从虚无的暗黑中
不可阻挡地射过来
呼啸伴陪着
沉默
飞驰紧随着
凝滞

天地间一切
都被它射穿
冰山变春水
森林变苗圃
人间的衰荣悲欢
被射成碎片
漫天飞舞
如落叶追着秋风

耳畔呼呼有声
光斑飞动
由远而近
掠过眼帘时
以为能将它们捕捉
却一闪而过
遥远成天边的寒星

2015年5月

아픔

예리한 칼로 찌를 것도 없이
몽둥이로 후려칠 것도 없이
아픔의 순간은 마치
번개가 어둠을 가르듯
예리한 자극으로 심장을 찌른다
피 한 방울 보이지 않지만
심지어 실오리 같은 자국도 없지만
어디에 상처를 입었는지 말할 수도 없지만
아픔은 피부 모든 곳에서 일어났고
드러난 얼굴부터
은폐된 장기까지 휘저어댄다
……
때로 맑은 바람이 지나가도
골수에 스미는 아픔을 느끼게 되고
때로 한 쌍의 눈길이 바라보기만 해도
불로 지지는 듯 아픔이 돋아나며
때로 가벼운 물음 하나에도
잔등에 소름이 쫘악 끼친다

......

나는 언제나 아픔의 습격을 당하지만
그로 인해 공포를 느낀 적은 없다
산 자는 그토록 위약하지만
마비된 생명은 비참한 것이다
만일 아픔이 사라진다면
마른 나뭇가지거나
차가운 바위와 같을 것이다

하나의 억새풀(芒草)이라 할지라도
광풍에 꺾어지면 눈물을 흘릴 테고
하나의 갈대라 하더라도
폭우의 유린을 받으면 신음하리라

2015년 6월 5일

疼痛

无须利刃割戳
不用棍棒击打
那些疼痛的瞬间
如闪电划过夜空
尖利的刺激直锥心肺
却看不见一滴血
甚至找不到半丝微痕
说不清何处受伤
却痛彻每一寸肌肤
从裸露的脸面
一直到隐蔽的脏腑
……
有时一阵清风掠过
也会刺痛骨髓
有时被一双眼睛凝视
也会如焊火灼烤
有时轻轻一声追问
也会像芒刺在背

……
我时常被疼痛袭扰
却并不因此恐惧
生者如此脆弱
可悲的是生命的麻木
如果消失了疼痛的感觉
那还不如一段枯枝
一块冰冻的岩石

即便是一棵芒草
被狂风折断也会流泪
即便是一枝芦苇
被暴雨蹂躏也会呻吟

2015年6月5日

주제넘음

물고기가 천장에서 헤엄치고
공중을 나는 연은 욕조에서 뒤척이고 있다
돛배가 산비탈을 질주하고
눈꽃이 불길 속에서 춤을 춘다
신혼의 화려한 첫날 침대에서는
짱아오(藏獒)의 울부짖음이 메아리치고
갓난아기의 요람에서는
혼탁한 늙은 돋보기가 흔들거린다
쥐는 고양이굴에 숨어들고
참새는 독수리둥지를 차지하고 있다
……
비합법적인 침략은
영원한 지배자가 될 수 없다
그대가 1만 개의 열쇠를 가지고 있더라도
그대에게 속하지 않는 문은
열 수가 없는 거라네
만일 창을 넘어 들어온다면
발 디딜 곳은 입추의 여지도 찾지 못하리니

바닥은 바늘방석이 되어
놀란 발바닥을 찔러 대리라
껑충거려 보게나, 도망치려 해보게나
그대 정력이 쇠진할 때까지 말일세
……
대바구니에는 물을 담을 수 없고
그물은 바람을 가둘 수가 없다
낯선 시선으로는
겹겹으로 방어막이 설치된 마음을
꿰뚫을 수가 없는 것이라네

2015년 6월 17일

僭越

鱼在天花板上游动
风筝在浴缸里翻跹
帆船在山坡上飘行
雪花在火焰中舞蹈
鲜艳的婚床上
回荡着藏獒的咆哮
婴儿的摇篮里
晃荡着昏浊的老花眼镜
老鼠躲进了猫窝
麻雀占据了鹰巢
……
非分的侵占
无法成为永恒
即便你有一万把钥匙
打不开
那扇不属于你的房门
假如越窗而入
找不到立锥之地

地板如针毡
刺戳着惊惶的脚底
跳跃吧，奔跑吧
直到你精疲力尽
……
竹篮盛不住水
网袋兜不住风
陌生的视线
射不穿
层层设防的心

2015年6月17日

이식

줄기와 잎사귀를 붙잡고
뿌리를 뽑자
최초의 삶의 구멍에서
낯선 땅으로 옮겨가 보자

태초의 배아(胚芽)를
현대의 두뇌에 이식해
무성한 가지와 잎이 돋아나게 하자
거듭거듭
기세등등하게
천수관음(千手觀音)처럼
만 쌍의 박쥐날개처럼
하늘을 향해 흐느적거려보자

인간의 욕망은
판타지의 꽃을 피우리니
어둠 속의 꽃술(蘂)
수정처럼 빛나는 꽃잎
꽃들은 공기 속에서 신비한 호흡을 나누리

부패한 감춰진 향기여
고생하는 미미한 향기여
억눌려온 천고의 그윽한 향기여
시각과 후각의 세계에서
폭발하거라

떨어지는 먼지 속에서
뒤늦게라도 꽃봉오리가 피어나리니
꽃은 사람의 얼굴을 닮아
기이한 웃음을 머금으리라
꿀벌과 나비들이 그 위를 팔랑이며 날아다니지만
한 잎의 가벼운 날개라도 떨어뜨리지는 않으리

갑자기 탄식소리 들린다
아이 참 당신은
당신은 오늘의 꽃이 아닌가요

2015년 6월

移植

抓住茎叶
拔出须根
从最初的生穴
移到陌生之地

把远古的胚芽
移植进现代头脑
萌发出茂密的枝叶
繁繁复复
轰轰烈烈
如观音的一千只手
蝙蝠的一万对翅膀
向天空招摇伸展

人间的欲念
喷绽成奇幻之花
暗黑的蕊
晶莹的瓣
花气中交织着神秘呼吸

陈腐的幽馨
辛苦的芳菲
压抑千古的沉香
在视线和嗅觉的天地里
爆炸

落定的尘埃中
绽开一朵迟放的蓓蕾
花如人面
含着诡异的笑
招来蜂蝶萦绕
却不见一叶轻羽降落

只闻一声叹息
哎，你不是
你不是今日之花

2015年6月

건반

깊은 사색에 잠겼을 때는
두 손을 가슴 앞에 합장하고
나는 손가락으로
나의 늑골을 헤아린다

늑골은 피아노건반이 되어
손가락의 터치에 반응한다
오른손은 왼쪽 늑골 위에서 활약하고
왼손은 오른쪽 늑골 위를 더듬거린다
선율의 궤적을 찾을 수는 없지만
소리는 들려
나만의 음악을 연주한다

심장박동과 호흡은
늑골 사이의 절주에 맞추고
오장육부도 모두 메아리쳐댄다
폐의 흔들림을 들어라
간과 열주머니의 이야기를 들어라
그다지 영민하지 못한 나의 손가락들은
늑골아래에서 가볍게 떨리면서

나만이 들을 수 있는
음악을 연주한다

두려운 떨림이여
순간의 질식이여
이유 없는 아픔이여
배고픔의 외침이여
모든 환락과 슬픔의 음부(音符)들이
전부 나의 늑골 아래 숨어 있었구나
세월의 흐름도
그것들을 파묻어버릴 순 없었던 거지

음악가의 꿈은
내 심신 속에 잠재해 있었다
갈망하는 손가락은
건반 위에서 움직인다
눈앞은 온통 흑백세계이다

2015년 6월

琴键

沉思默想时
双手合抱于前胸
我用手指
抚摸自己的肋骨

肋骨变成了琴键
回应手指的触碰
右手在左肋跳跃
左手在右肋移动
找不到旋律的轨迹
却砰然有声
弹奏属于我的奏鸣曲

心跳和呼吸
应和着肋间的节拍
五脏六腑都在回响
听肺叶翕动
闻肝胆相照
我的并不灵巧的手指

在肋下轻轻颤动
奏出只有我自己
能听到的音乐

恐惧的颤抖
瞬间的窒息
无端的剧痛
饥饿的哮喘
所有欢乐和悲伤的音符
都藏在我的肋骨下面
岁月的流沙
无法将它们堙没

音乐家的梦想
潜隐于我的身心
渴望的手指
在琴键上轻移
眼前是一片黑白世界

2015年6月

잊으리

잊으리
그 상처 받던 저녁을
으깨지던 달빛과 피를
기억의 신경에 붙어서
내 육신을 괴롭히던
아픔을

잊으리
갑자기 들이닥친 그 홍수를
급류는 아우성 속에서
서서히 굳어져 갔다
나는 물속에서
소리 낼 줄 모르는 음부(音符)로 박제된다

잊으리
나를 현혹케 하던 그 소리를
타락한 종은 계속 타락하고
시간은 살같이 흐르면서
나의 순간순간의 시공을
뒤흔들어버린다

2015년 6월

我想忘记

我想忘记
那个受伤的夜晚
碎裂的月光和血
却黏住记忆的神经
在我的肉体中
隐隐作痛

我想忘记
那场突如其来的洪水
急流在轰鸣中
渐渐凝冻
我是定格在水声中
一个发不出响声的音符

我想忘记
那个令我迷醉的声音
坠落的钟继续坠落
时光流逝如弦
颤动在我的每一寸
时空

2015年6月

새벽과 황혼을 넘나들며

여명과 어두운 밤은
어느 신기한 순간에 해후(邂逅)했다
적막을 깨뜨리는 첫 닭의 홰치는 소리
어둠의 장막을 꿰뚫는 한 줄기의 서광인
반짝이는 별들이다
밤의 호수에서 튕겨 올려진 잔물결

꿈이 갑자기 깨지고
빛들은 출발점으로 되돌아간다
밤바람 속에서 떨리는 칸나(曇花)의 꽃봉오리
일그러진 꿈은 민물조개처럼 입을 벌리고
야광은 마치
진주처럼 아름답다

어둠, 일찍 세상을 새카맣게 했지
또 빛을 추구하게도 만들었지
어둠속에서 상상했던 밝음은
하늘과 땅 사이의 아늑한 어둠을 불살라버렸다

빛과 암흑은
교대하며 살아왔다

빛, 하늘가에 나타나서는
조금도 서두르지 않지만
순식간에 만물을 변하게 했다
하늘과 땅 사이의 모든 색상들은
그 어루만짐에 모습을 드러내고
쫓겨난 건 오로지 어둠뿐이다

어둠은 여전히 살아있다
빛 투성이인 천지간에 살아있다
만일 믿지 못하겠으면
어디 한번 눈을 감아보게나

2015년 10월 18일

175

晨昏的交汇

黎明和黑夜
邂逅在一个神奇瞬间
是打破幽寂的第一声鸡鸣
是刺穿黑幕的第一缕微曦
是闪烁的晨星
在夜湖里溅起那一片 涟漪

梦境突然短路
光芒缩回到出发地
夜风中颤抖着昙花的蓓蕾
残梦如河蚌张开贝壳
夜光隐约
珠泪莹莹

暗，曾经抹黑世界
也引发了对光的追想
暗中假设的亮色
可以烛照天地间极致的幽黑

光与暗
此消彼长
光，出现在天边
不慌不忙
却瞬息万变
天地间所有的色彩
一一显形于它的抚摸
被遗漏的只有黑暗

黑暗却依然活着
活在光芒万丈的天地间
如果不信
请你闭上眼睛

2015年10月18日

177

죽음을 떠올리면

죽음을 떠올리면
눈앞은 온통 고요하다
한 떨기 하얀 꽃은
어둠속에서 피어나고
한 떨기 검은 꽃은
백색 속에서 외로이 피어난다
생의 여정을 되새겨볼 사이도 없이
지난 일은 유성처럼
밤하늘을 가로지른다
현란하지만 무척이나 짧다
귓가에는 사람들의 말소리가
하늘을 나는 눈송이처럼 떨어져 쌓이고
적막한 암울함 속을 떠돌아다니기도 하고
눈부신 햇빛 속을 노닐기도 한다
용해되고
용해되어
종적 없이 사라지지만
유감 하나 없이
대지의 틈바구니로 스며든다

죽음을 떠올리면
마음속에서는 신비한 꿀물이 흐른다
지나간 일들은
쓰디쓴 괴로움이든 떫은 유감이든
모두 버려야 한다
과거와 미래가
나의 앞에서 기묘하게 뒤엉킨다
도저히 분간할 수가 없다
생명은 회전판처럼
빙글거리고
빙글거리며
얼마나 많은 흐리고 맑음을 겪어왔던가
남가새(蒺藜)의 멍에를 벗어던지고
스모그와 갈라진 틈을 지나
웃음소리 가득한 대청을 지나
광장과 수인차(囚人車)를 지나
이 시각 다시
진정한 자유를 맛본다

죽음을 떠올리면
이상하게 일종의 기대감을 갖게 된다
생사이별 따위들은
모두 지나간 과거
멀리 떠난 친인들과 친구들은
되돌아와 나를 기다릴 것이다
어두운 저승에도 무수한 끈들이 있어
비록 볼 수는 없지만
모든 상념과 이어져 있나니
그 모든 끈들이 끊어진 줄 알지만
끊어져서 먼지처럼 흩날릴 줄 알지만
줄들은 모두 이어져서
결합과 부활은
여기서 회합한다

이것이 아마 생명이리라
이는 전혀 다른 또 하나의 시작이다
구름은 흩어지고
별빛은 추락한다
등불은 어둡고
막은 내렸다
검은 꽃 하얀 꽃
같이 피어라
어둠속에서
빛줄기 속에서

2015년 11월 20일

想起死亡

想起死亡
眼前一片静谧
一朵白色的花
悄然怒放在黑暗里
一朵黑色的花
寂寂绽开在白色中
来不及回顾生的旅程
往事如流星
从夜空一闪而过
眩目，却那么短促
耳畔汹涌的人声
飘落成漫天飞雪
飞舞于寂静的灰暗
又在耀眼的日光里
融化
融化
消失了踪影
却无一遗漏
渗入大地的裂纹

想起死亡
心里涌起一丝神秘的甜蜜
过去的滋味
无论苦涩的酸楚
还是辛辣的遗恨
都会随之而去
昔日和未来
在我眼前奇妙地交糅
竟然分不清彼此
生命如转盘
旋转
旋转
转过多少阴晴雨雪
转过蒺藜的羁绊
转过雾霾和裂纹
转过强颜欢笑的厅堂
转过广场和囚笼
此刻，转入
真正的自由

想到死亡

竟然有一种期盼

那些生离死别

从此都成为过去

那些远去的亲人和朋友

会回过头来等我

冥冥之中有无数丝线

虽然看不见

却系连着思念中所有一切

以为这些丝线已断

断成飘散的尘埃

此时却发觉线线连接

结束和重生

在这里会合
也许这就是生命
一次全然不同的开始
云彩飘散
星光溅落
灯暗
幕落
黑花白花
同时开放
在黑暗中
在光影里

2015年11月20日

폭풍

지척이지만
손을 내밀어도 닿을 수가 없다
그러나 난 지금까지
너의 손을 잡아본 적이 없다
마음속으로는 그 얼마나 불렀던가
탄식처럼 불렀고
큰 소리로
바위가 무너지듯 불렀었지
너는 그렇게 가까우면서도
또 그렇게 멀리 있었다
분명 눈앞에 있었지만
갑자기 종적도 없이 사라졌다

하늘이 다른 한쪽에서
너를 부르는 소리 들리고
호흡소리조차 들리는데
너의 심장박동소리는 마치
풀잎에 떨어지는 빗방울 같기도 하고
구름가를 날으는 새 같기도 하다

......
그토록 막연하게 들려오더라
그래도 나는 분명하게 들었다

침묵속의 미풍은
나 혼자만의 천지에서
갑자기 폭풍이 되어버린다

2015년 11월 21일

风暴

咫尺之间
似乎触手可及
可我从来没有
拉到过你的手
在心里喊了你多少年
如一丝叹息
大声的叫喊
像岩石崩裂
你是那么近
却又那么远
明明就在眼前
突然就杳无影迹

从天的另一边
有时会传来你
断断续续的呼吸
还有你的心跳

像雨珠滴在草叶上
鸟在云端飞
……
那么飘渺地传过来
我却听得清晰

沉静中的微飔
在我一个人的天地中
悄然聚变成风暴

2015年11月21日

미로

길을 잃었어요 길을
아무리 해도 집을 찾을 수가 없어요
길을 잃었어요 길을
……
꿈속에서 아버지가 외치는 소리를 들어요
초조하면서도 아연실색하는 그 소리
깨어보니 무덤가에 누워있네요
비석들이 숲을 이루고
똑같은 무덤들
화강암 네모반듯한
마치 도미노블럭 같기도 해요
정적과 무내(無奈)
애초의 추진력을 찾을 길이 없네요
……
당년에 심어놓은 어린 소나무는
이미 내 이맛전을 넘었고
그건 바로 아버지의 키높이지요

솔가지는 바람 속에서 흔들려요
가지마다
이슬을 매달았어요
멈출 줄 모르는 보석 같은 눈물들
......
별빛은 밤새 방문을 오고
밤바람은
굳게 닫힌 돌문을 두드려요
행인들이 느릿느릿
흑백의 바둑알처럼
바둑판에서 이리저리 오고가요
길은 좁고 매우 곧아요
그런데도 길을 잃었어요
......
어디 계셔요 아버지
아버지는 분명 이 비좁은 석굴이 싫으실 테지요
이곳의 어둠도 싫고요
그래서 밖에 나와 떠도시나요

어릴 때 전 번번이 길을 잃었지요
그때마다 아버지께서 저를 찾아내셨지요
아버지는 어떻게 길을 잃지 않으셨나요
......

생전에 작은 방에 갇혀
아버지는 그랬지요 다음 생에는 좀 너른 집에서 살고 싶다고
아버지는 일찍 담배연기가 되어
하늘 공중에서 자유로이 떠도셨지요
그런데 나중에 보니 이곳으로 오셨더군요
생전보다 더 비좁은
그리고 무수히 많은 낯선 사람들과 이웃하면서
......

길을 잃었어요 길을
아버지의 목소리는 먼 듯 가까운 듯
길을 잃었어요 길을
묘지는 그토록 크고 깊네요
어디까지가 꿈인지 모르겠어요
한번 또 한번 깨어나지만
베개머리에는 차가운 눈물만 남아있네요
......

2015년 만추(晩秋)

迷路

我迷路了，迷路
怎么就找不到家门
我迷路了，迷路
……

梦中听见父亲的呼叫
一声声，焦灼而惶恐
醒来发现身在墓地
碑石林立
一模一样的墓穴
花岗岩，方方正正
像是倒了一地的多米诺骨牌
静穆，无奈
再找不到最初的推力
……

当年种下的雏松
已齐过我的额头
那正是父亲的身高
松枝在风中摇动
每一根松针
都举着一颗露珠
流不完晶莹的眼泪
……

星光夜夜来访
夜风拍打着
每一扇紧闭的石门
踱步者飘来飘去
如黑白的旗子
在棋盘方格里来回穿行
路很窄，很直
却还是让你迷了路
……

你在哪里，父亲
你一定不喜欢那个逼仄的石室
不喜欢那里的阴黑
所以才出来到处游荡

儿时我每次迷路
都是你找到了我
你怎么会迷路呢，父亲
……

生前被关在小屋里
你说，来生要住宽敞的屋子
你曾经化成轻烟
在天空自由飘荡
可最后却被送到这里
比生前更狭窄
还伴着无数陌生人
……

我迷路了，迷路
父亲的声音远了又近
我迷路了，迷路
墓园那么大那么深
分不清何处是梦的尽头
一次又一次醒来
枕边印着冰凉的泪痕

2015年深秋

비상

일찍부터 무수히도 날았다네
그 다양한 시간들을
다양한 마음을 가지고
날개는 마음에서 자라났기에
거의 자유자재로 나룰 수 있었네
깃털을 무성하게도 하고
종잇장처럼 엷게도 하면서 말이네

솔개가 되어
눈 덮인 험한 봉우리를 날아 넘곤했다네
대지는 내 눈 아래의 풍경이었네
갈매기가 되어
파도가 세차가 치는 바다도 날아넘었다네
파도소리는 내 젊은 영혼을 흔들어주었지
제비가 되어
밥 짓는 연기로 자욱한 처마에도 깃들었었네
인간세상의 잡다함과 따스함도 느끼면서
꿀벌이 되어
산과 들의 꽃술을 찾아다녔지

자연의 달콤함과 향기로움을 맛보면서
파리가 된 적도 있었다네
부패한 감옥 위를 날으며
혼탁함과 비릿함 속에 혼비백산하기도 했었지

날개가 없어도 날아다녔다네
구름이 되어
높은 하늘에서 지상의 버러지들을 굽어보면서
바람이 되어
상념에 잠긴 모든 사물들을 어루만져주면서
또 연기가 되어
춤을 추듯
공중을 떠돌았다네

2015년 11월 20일 마카오에서

飞

曾经飞过无数次
在不同的时刻
怀着不同的心思
翅膀从心里长出来
几乎随心所欲
时而羽毛丰满
时而轻薄如纸

飞成雄鹰
越过积雪的峻峰
大地是我眼底风景
飞成海鸥
掠过汹涌波涛
潮声撼动我年轻的魂灵
飞成燕子
栖落于炊烟缭绕的屋檐
欣赏人间的嘈杂和温馨
飞成蜜蜂
追逐漫山遍野的花蕊

品尝自然的甜蜜和芳馨
也曾飞成苍蝇
盘旋于腐朽的囚笼
在污浊和膻腥里落魄失魂

长不出翅膀也能飞
飞成云彩
从高天俯瞰地下的蝼蚁
飞成风
去抚摸思念中的一切景物
也会飞成烟
飘然旋舞
无从着落

2015年11月20日于澳门

잠영

늘 한 마리의 물고기로 변하기를
환상해 본다
그건 매우 뜻깊은 이미지이다
조상의 조상의 조상의
조상의 조상의 조상의
조상 ······
은 일찍이 한 마리 물고기였기 때문이다

물속 깊이 들어가
급류를 타면서
시원함과 말쑥함 때문에
주변을 넘나들었지
나는 물을 즐긴다
물은 나를 마사지하면서
사지를 지느러미처럼 만들어주었고
두발을 꼬리나 키(rudder)처럼 만들어주었다
물 위에는 빛들이 현란하게 번쩍였고
목표물은 안개에 가려져 몽롱했다

호흡할 수가 없었다
입을 벌릴 수가 없었다
숨을 참는다는 것은 나를 팽창하게 만든다
물속에서 하늘로 비상하려면
나르는 물고기가 되어야 할꺼야
그러나 나중에는 다시 물에 떨어지겠지
둔탁하면서도 미련하게
정수리로 물방울을 사방에 튕기면서
사지를 휘저어보지만
물길에 가로막힌다
어서 얼싸안아주어야지
조상의 조상의 조상의
조상의 조상의 조상의
조상 ……

2015년 11월

潜泳

常常幻想
变成一条鱼
这是有渊源的意象
祖先的祖先的祖先的
祖先的祖先的祖先的
祖先 ……
就曾经是一条鱼

潜到水下去
向往被激流包裹
让清凉和澄澈
在周围涌动穿梭
我抚弄水
水按摩我
四肢如鳍如翅
双脚如尾如舵
睁大眼睛
看水波中光影斑驳
目标在朦胧之处

只是不敢呼吸
不敢张开嘴
屏气使我膨胀
从水底飞向天空
想变成一条飞鱼
却还是回落在水里
沉重而笨拙
头顶上浪花四溅
四肢挥舞
却被流水阻挡
去拥抱
祖先的祖先的祖先的
祖先的祖先的祖先的
祖先 ……

2015年11月

세 개의 공간에
동시에 들어가다

발을 들어 문턱 하나를 넘으면
세 개의 공간으로 들어가게 된다

육신이 들어간 공간은
주변의 모든 것을 만질 수가 있다
지면의 널마루며
벽에 걸린 액자며
천정에서 흔들거리는 샹들리에도
공기 속에 있는 페인트냄새까지도
…
혼은 다른 공간으로 들어간다
그것은 지나간 시간이 떠돌아 다니는 곳
희미한 표정과
아득한 메아리와
일찍이 안에서 발생했던
죽음과 삶

그와 동시에 사유는 또 다른 공간으로 들어간다
그것은 미래의 은밀함
찬란한 빛 속
낯선 눈길이 엿보는 곳
구석구석에서
기적이 발생할 수도 있는 곳이다
…
문 하나에 들어서면
세 개의 공간을 느낄 수가 있다
육신은 물리적인 이동을 하고
심령은 그리움 속에서 자유로이 노닌다
좁은 방안은
드넓은 계곡이 되어버린다

2015년 12월

同时走进三个空间

抬脚跨过一个门槛
却走进三个不同的空间

身体走进一个空间
周围的一切皆可触摸
地上的板条
墙上的画框
天花板上晃荡的吊灯
空气里的油漆味
……
灵魂却进入另一个空间
那是逝去的时光漂浮
模糊的表情
遥远的回声
曾经发生在门里的
死死生生

思绪同时飘进又一个空间
那是属于未来的隐秘
斑驳光影中
潜藏着陌生的窥视
每个角落里
都可能爆发奇迹
......
走进一扇门
感受三个不同的空间
身体在物理气息中移动
心魂在遐思中自由翩跹
狭小的屋子
变得辽阔幽深

2015年12月

문자

한평생 같이 지냈다면
그건 가장 익숙한 친구이거나
아니면 가장 낯선 이방인일지도 모른다

묵묵히 그대들을 되뇌어본다
떼를 지어 내 앞을 스치는 무리여
장군이 점고(點考)를 하듯
농부가 이삭을 헤아리듯
또는 아무것도 모르는 아이가
호기심에 차 하늘의 뭇별을 바라보듯

일곱색의 색실들은
현란한 비단을 짜거나
헝클어진 실 뭉치가 될 수도 있지만
미궁이 되어
황야에 떨어질지도 모르지
그건 자유의 유랑자라 할 수 있지
사전 속에 숨어있는
신비한 협객

같은 얼굴도
무궁무진한 표정을
연출해낼 수가 있다
그것은 모래그릇과도 같다
세월도 응고시킬 수가 있다
온통 널린 돌멩이들은
건축이나 길을 닦는데 필요하다
그리하여 드넓은 곳으로 달릴 수 있고
아늑한 곳으로도 갈 수가 있는 것이다

2015년 11월

文字

厮混了一辈子
是最熟悉的朋友
也是最疏离的陌生人

默默念叨着你们
成群结队从我面前走过
如将军点兵
如农夫数粟
也如蒙昧的孩童
好奇地面对一天繁星

是七彩丝线
织成绚烂的锦缎
也是一团乱麻
搅成迷宫
散落在荒野中
是自由的流浪者
隐藏在辞典里
是神秘的侠客

相同的面孔
却可以变幻出
无穷无尽的表情
是一盘散沙
却能将岁月凝固
是遍地乱石
却能铺筑道路
通向辽阔的远方
也通向幽谧的去处

2015年11月

꿈속에서 간 곳은

꿈속의 경지는 자궁과도 같다
도저히 예측불허의 태아를 키우는
매 순간마다 표정이 달라지는

꿈에 황량한 섬에 갔을 때
기세 사납게 달려드는 썰물과 암초들은
순식간에 삼림과 빌딩숲으로 변했다
등불이 휘황찬란해지더니
그물로 만들어진 어둠의 장막이 번쩍이자
유성(流星)이 창에 매달린 얼음 꽃 같다

꿈에 화사한 천국에 가보면
하늘에서 하늘거리던 천사들이
불현듯 검은 박쥐가 되어
날개로 별과 달 사이를
푸드득거리며 나는 것을 보게 된다
검은 구름이 엎치락덮치락하며
타오르는 석양을 감싸고 있다

꿈을 꾼다는 것은 흡사 지하철을 탄 듯하다
어느 빛 한 점에서 출발해
길고도 어두운 터널을 지나
다시 밝은 빛이 넘치는 역전으로 들어서는 것처럼
그리고 이어서
또 끝없는 어둠 어둠
…
깨고 보면
눈앞에는 언제나 번개가 번쩍이고
우레가 운다
그러면 넌 꿈속에서 어디로 갔었니 하고
암울한 힐문이 시작되지
그럼 왜 난
언제나 대꾸를 할 수 없는 걸까

2016년 1월

梦中去了哪里

梦境犹如子宫
孕育着无法预测的胎儿
每个瞬间都在变脸

梦见荒凉的岛屿时
汹涌而来的潮汐和礁岩
瞬时变成了森林和楼群
灯火霓虹明明灭灭
闪电在夜幕织网
流星凝结成窗上的冰花

梦见明艳的天国时
翻跹在空中的天使
突然化作黑色蝙蝠
扑动的翅膀覆盖星月
乌云翻滚
包裹着一轮燃烧的夕阳

做梦好像是坐地铁
从一个光点出发
穿过漫长的黑暗
进入灯火通亮的车站
接踵而来的
又是迢迢无尽的黑暗
……
醒来时
眼前常有天光闪动
耳畔响起
刺破幽暗的诘问
你在梦中去了哪里
为什么
我总是无言以对

2016年1月

등허리

곧게 펴라, 곧게 펴, 더 곧게
자신도 모르게 굽어진 나의 등허리여

무거운 짐을 지고 먼 길을 떠났다
멜대는 어깨 위의 살갗을 짓뭉개고 있었고
억눌린 신음소리는 하늘에까지 사무쳤다
떨리고 구부러진 건 발아래의 땅이었다
나의 등허리는 언제나 곧게 펴져 있었기에든

여행 중 무릎을 꿇은 기억은 없어
늘 무거운 고개를 떨구고는 살았지만
서 있거나 길을 걸을 때면
등허리는 언제나 곧게 펴져 있었어
마치 응접실의 그 침묵하고 있는 기둥처럼
아버지의 그 홍목(紅木)으로 만든 지팡이처럼

그런데 오늘은 왜 드러눕는 거지
그 곧던 등허리를 구부리고 말이야
대지의 인력이 그토록 세어 졌나

아니면 노쇠함이 지하에서 불쑥 손을 내밀어
나를 얼싸안고 무덤으로
끌어당기는 건가

곧게 펴라, 곧게 펴, 더 곧게
난 아직도 곧게 서서 길을 가고 있다
그러나 너무 피곤하면
하늘을 바라보며 드러눕곤 한다
저 튼튼한 대지 위에
그리고는 나의 피곤한 육신을 달래며
굽어진 내 등허리를 시원하게 펴곤 한다
그때 하늘을 바라보면
한 마리 새가 내 머리 위에서
날개를 파닥거리고 있는 걸 볼 수 있다

곧게 펴게, 곧게 펴, 더 곧게
나에게는 아직 구부러진 등허리 따윈 없으니깐

2014년 12월

脊梁

挺直，挺直，挺直
我的情不自禁弯曲的脊梁

当年负重远行
扁担磨碎了肩膀上的皮肉
压抑的呻吟直冲云天
颤抖弯曲的是脚下的大地
我的脊梁总是挺得很直

行旅中没有下跪的记忆
尽管时常低着沉重的脑袋
站立和行走时
脊梁是直的
就像客厅里那根沉默的立柱
像老父亲那根红木拐杖

为什么如今会俯下身子
连带弯曲了垂直的脊梁
是大地的引力如此强大
还是衰老从地下伸出手臂

拉扯我，拥抱我
把我拽往坟墓的方向
挺直，挺直，挺直
我还在站着行走啊
实在倦困
可以仰面朝天躺下
让坚实的大地
抚摸我疲惫的身体
撑直我弯曲的脊梁
此时，仰望天空
看一只鸟在我头顶
拍动着翅膀

挺直，挺直，挺直
我的还没有折断的脊梁

2014年12月

혀

미뢰(味蕾)는
혀끝에 숨어있다
나는 그놈의 모양을 모르지만
그놈의 민감함에 의지해
인간세상의 쓰고 맵고 시고 단 맛을 다 안다

혀뿌리는
성대와 이어져 있어
내가 한 마디 하면
단어마다
탄식마다
그놈을 움직이게 한다

나는 그놈을 빌려
음식 맛을 보고
키스를 하고
천만 갈래의 세포로
음식 이야기를 알게 된다

그러나 나는 그놈의 질문에는
대답할 수가 없다

입안에서 태어난 것은
과연 무엇 때문이란 말인가
맛을 보기 위해서인가
말을 하기 위해서인가
아니면 사랑하기 위해서인가

2014년 12월

舌

味蕾
隐藏在舌尖
我不知它们的形态
却依赖它们的敏感
尝遍了人间苦辣酸甜

舌根
连接着声带
我说的每一句话
每一个词汇
每一声叹息
都被它牵动

我用它舔舐
用它品味
用它接吻
用它的千丝万缕

连接着食色性
可是我却无法回答
它的疑问——
生在嘴里
到底是为了什么
是为了品尝
是为了说话
还是为了情爱

2014年12月

발바닥과 길

매번 대지와 접촉할 때마다
한 갈래의 길에서 시작된다
나는 발바닥으로 대지를 재면서
신비의 경지로 통하는 문턱을 찾는다

산의 기괴함
물의 급류
암석의 중첩
늪의 질척거림
그 모든 것이 나의 발바닥과 겨루어보았다

내가 걸은 걸음걸음은
대지에 발자국으로 남고
그것은 내 생명의 빛으로서
멀리멀리 빛을 뿌릴 것이다

대지가 내게 기념으로 선사한 것은
발바닥의 굳은살과
또 발뒤꿈치의
그 거친 갈라터짐도 있다
나는 발바닥으로 대지에게 질문을 한다
길은 아마도 나의 발자국에서부터 시작될 것이고
내가 멈춘다고 해서 결코 끝나지는 않을 것이다

2014년 12월

脚掌和路

每一次和大地的接触
都是一条路的开端
我用脚掌丈量大地
寻找通向妙境的门槛

山的崎岖
水的湍急
岩石的嶙峋
沼泽的泥泞
都曾和我的脚掌厮磨

我走过的每一步
都在大地上留下脚印
那是我生命的光芒
向着远方辐射

大地回赠我的纪念
是脚底的茧花
还有脚跟上
那些粗糙的裂痕

我用脚掌叩问大地
道路也许由我的脚印起始
却不会因我的停步而终结

2014年12月

227

산다는 것은

꿈은 공허한 것이다
난 확실하게 살고 싶다
발로 울퉁불퉁한 대지를 밟으며
머리로 먼지 자욱한 하늘을 떠이고
눈을 뜨면
얼룩덜룩한 천정이 보이고
바람에는 커튼이 너풀거리는

산다는 것은 바로
물 흐르는 소리를 듣는 일이다
하늘의 빗물과
지상의 강물과
주방 수도꼭지의 경쾌함과
화장실의 물 내리는 소리

산다는 것은 바로
아프고, 가렵고, 병 나고
배고프고, 갈증 나고, 편식하고
담백한 죽과 밥을 실컷 먹으면서도
새로운 것들을 먹고 싶어 하고

들어는 봤지만 먹어보지 못한 것들을
맛보려는 것이다

산다는 것은 바로
웃기도 울기도 하고
소리도 치고 노래도하며 침묵도 하는 것이다
곤혹스러울 때면
조용히 한 마디 물어볼 수도 있다

산다는 것은 바로
익숙한 이름을 수시로 떠올리고
사랑하는 얼굴을 보며
창밖 싸구려소리도 들어주고
내가 간절히 기도할 때면
누군가도 나를 생각해주는 것이다

산다는 것은 바로
연로한 어머님께 전화를 드리고
아들이 예전과 다름없이
인간세상인 도시에서 살고 있다고

말씀드리는 것이다
어머님이 끓여주신 보이차를 마셔주는 것도

산다는 것은 바로
내일 해야 할 일을 적어두고
베개를 끌어안고 자는 것
물론 꿈도 꾸어야지
꿈에 하늘에 올라가거나 땅속에 들어가거나
꿈을 깨면 세수를 하고
환상으로 하여금 현실에 양보하게 하는 것이다

2013년 7월 7일 사보재(四步齋)에서

活着

梦想是空的
我想实实在在活着
脚踏起伏不平的大地
头顶尘埃飞扬的天空
睁开眼睛
看见斑斑驳驳的天花板
还有被风吹动的窗帘布

活着，就是
时时听见流水的声音
天上的雨水
地下的河水
厨房龙头喧哗
卫生间水流淙淙

活着，就是
会痛，会痒，会生病
会饿，会渴，会挑食
吃不厌淡淡的粥和饭
却也想着尝尝新鲜
那些听说却没有吃过的味道

活着，就是
能笑，能哭，能流泪
能喊，能唱，能沉默
在迷惘困惑的时候
能静静地问一声
为什么

活着，就是
不时想到熟悉的名字
不时看见亲爱的面孔
不时听见窗外的吆喝
在我想念祈望时
也有人在惦记我

活着，就是
给衰老的母亲打电话
告诉她，我会像往常一样
穿过人海茫茫的城市
去陪她说话
去喝她沏的陈年普洱
活着，就是
记下明天要做的事情
然后去拥抱枕头
当然会做梦
梦中可以上天入地
梦醒后，洗洗脸
将幻境让位于现实

2013年7月7日于四步斋

나의 의자

나무로 된 돌기부분도 무늬도 침묵하고 있다
등받이는 소리 없이 내 등허리를 마사지해주고
앞에는 컴퓨터가 놓여있다
모니터는 반짝거리고
전류는 소리 내어 흐르며
문자는 행간 사이를 뜀박질 한다
…

컴퓨터를 끄고 몸을 돌려
의자등받이의 무늬를 어루만져 본다
갑자기 찬바람이 불어와
의자는 삽시간에 나무로 변하고
등받이에서는 새싹이 돋아나더니
푸른 가지와 잎 새가 무성하게 자란다
아주 흔한 목질의 의자는
순식간에 커다란 나무가 되어버려
나는 울창한 속에 감혀버린다

......

키보드에 마비된 손가락에는
한 겹 또 한 겹의 굳은살이 생겨
연륜이 점점 깊어지고 있다
나의 육신은 그 깊이 속에서 작아지고
마음은 녹음 속에서 깃털처럼 된다
마침내 자유의 밤 꾀꼬리가 되어
날개를 파닥 거리며 노래를 부르면서
멀리 드넓은 산림 속으로 날아가 버린다

2009년 3월 21일 사보재에서

235

我的座椅

木质凹凸，纹路沉静
椅背无声按摩我的脊背
面前是一台电脑
荧屏正闪烁现代光影
电流裹挟着声色犬马
文字在变幻跳跃飞行
……
关上电脑，转过身来
抚摸椅背上的木纹
突然感觉凉风扑面
座椅仿佛变成树桩
椅背上嫩芽萌动
青枝蔓延，碧叶丛生
普普通通的木质座椅
瞬间就长成一棵大树
将我笼罩于葳蕤绿荫

......

被键盘麻木的手指上
一圈，一圈，又一圈
扩展着大树古老年轮
我的身体在这扩展中缩小
心，却被新生绿荫羽化
羽化成自由的夜莺
拍拍翅膀，亮开歌喉
飞向幽远广袤的山林

2009年3月21日于四步斋

고통은 기석

환락은 겉껍데기
고통이야말로 본질이다

환락은 수증기요 구름이고
고통은 강이며 파도이다

고통 속에서 환락을 찾는다는 건
추수 후 밭에서
떨어진 낟알을 줍는 격이다

고통 속에서 환락을 찾는다는 건
눈으로 뒤덮인 계곡에서
꽃송이를 찾는 격이다

달구질하는 사람을 본받으시게
고통을 묵직한 초석으로 삼으시게

다지고 다져서 고통은 가슴깊이 숨겨 넣게나
깊게 더 깊게 말이네

그래 고통은 기석이다
고통만이 즐거운 누각을 지을 수 있으니까

1982년 가을

痛苦是基石

欢乐是外壳
痛苦才是本质

欢乐是水汽云烟
痛苦才是江海洪波

在痛苦中寻求欢乐
像在收割后的田野里
拾取遗谷

在痛苦中寻求欢乐
像在积雪覆盖的峡谷中
采撷花朵

学一学打夯人吧
把痛苦当做沉重的基石

夯，夯，把痛苦夯入心底
深深地，深深地

是的，痛苦是基石
有它，才可能建筑欢乐的楼阁

1982年秋日